QUAND UN TIGRON SE MARIE

LE CLAN DU LION #9

EVE LANGLAIS

Copyright © 2022 Eve Langlais

Couverture réalisée par Yocla Designs © 2021/2022

Traduit par Emily B, 2021

Produit au Canada

Publié par Eve Langlais

http://www.EveLanglais.com

ISBN livre électronique: 978-1-77384-3070

ISBN livre pochet: 978-1-77384-3087

Tous Droits Réservés

Ce roman est une œuvre de fiction et les personnages, les événements et les dialogues de ce récit sont le fruit de l'imagination de l'auteure et ne doivent pas être interprétés comme étant réels. Toute ressemblance avec des événements ou des personnes, vivantes ou décédées, est une pure coïncidence. Aucune partie de ce livre ne peut être reproduite ou partagée, sous quelque forme et par quelque moyen que ce soit, électronique ou papier, y compris, sans toutefois s'y limiter, copie numérique, partage de fichiers, enregistrement audio, courrier électronique et impression papier, sans l'autorisation écrite de l'auteure.

CHAPITRE UN

C'était une nuit claire et agréable. Contrairement à l'humeur de Dean qui était assailli par les souvenirs.

Lors d'une nuit comme celle-ci, on avait tiré sur sa jolie queue rayée et son bout touffu. Enfin, pas littéralement. Il aurait déchiqueté quiconque aurait osé tirer sur son incroyable queue de tigron. On lui avait tiré la queue, au sens... figuré. Quelqu'un en qui il pensait pouvoir avoir confiance l'avait trahi. Probablement, car le sang avait arrêté de remonter jusqu'à son cerveau. Il bandait toujours en sa présence. Il était constamment stupide.

Pour sa défense, Natasha avait une certaine façon de se déplacer, de sourire, de pencher la tête, d'onduler des hanches... Tout avait été fait pour qu'il s'enflamme. Qu'il perde la tête.

Mais il voyait désormais clair dans son petit jeu. Il connaissait ses forces et ses faiblesses. Il avait hâte de prendre sa revanche.

Il se versa un verre de whiskey – un whiskey onéreux qu'il aurait pu siroter toute la nuit tant son goût était doux. Il prit son temps. Il ne fallait pas qu'il soit ivre ou qu'il s'écroule trop tôt. Ce soir, c'était le grand soir.

Natasha venait. Il pouvait le sentir jusque dans ses os. Il fallait juste qu'il soit patient. Qu'il attende qu'elle se mette en mouvement. Vu ce qu'il savait d'elle, ça ne prendrait pas beaucoup de temps.

Il avait épié ses moindres faits et gestes depuis qu'elle l'avait pris pour un imbécile. Cela s'était avéré plus simple que prévu étant donné qu'elle était assez active sur les réseaux sociaux. Même si cela ne voulait rien dire, les photos truquées pouvaient être programmées pour être publiées à l'avance afin de donner l'apparence d'une vie active.

Dean savait à quel point il était facile de faire semblant. Par exemple, d'après une application internet qui n'autorisait que les photos avec des hashtags, Dean était actuellement dans un bar en train de boire quelques verres.

Tomberait-elle dans le panneau ? Penserait-elle qu'il n'était pas chez lui ?

Il en doutait. Tout comme il ne croyait pas à la dernière photo d'elle qu'elle avait publiée, en train de prendre le soleil sur la plage. Elle n'était pas en vacances dans un endroit tropical. Elle était tout près. Se rapprochait.

Ou bien était-ce plutôt ce qu'il espérait ?

Dean saisit son téléphone et consulta son profil sur lequel la photo à la plage était toujours visible. Elle portait un maillot de bain une pièce très élégant à une seule bretelle. Elle avait enfilé un sarong par-dessus.

Elle avait à peine changé depuis la dernière fois qu'il l'avait vue. Ses cheveux étaient identiques et sa peau tout aussi fraîche. Elle semblait si jeune et pourtant, elle n'avait que cinq ans de moins que lui.

Malgré ce qu'il savait sur elle, elle restait belle à ses yeux. Même s'il aimait penser que sa trahison l'aurait immunisé contre ses charmes, il lui suffisait d'un regard pour devenir à nouveau stupide.

Il suffisait de le regarder, là, tout de suite, en train de boire un verre, espérant que Natasha passerait le voir. Il savait qu'elle finirait par venir le trouver. Mais attendre demandait de la patience. Heureusement qu'il s'était entraîné pendant des heures. Des heures passées, accroupi dans les hautes herbes, un tigron caché, prêt à bondir. Il avait appris à ne plus jamais faire peur à ses tantes comme ça, vu qu'à cause de lui Tante Marni s'était fait pipi dessus et l'avait poursuivi avant de lui raser la crinière. Il ne valait mieux pas irriter ses tantes. Ni ses cousines d'ailleurs. Elles seraient capables de concocter la plus odieuse des vengeances.

Il se servit un deuxième verre de whiskey et Natasha n'était toujours pas là.

Plus de trois jours s'étaient écoulés depuis qu'il avait vu l'annonce en ligne. *Nous sommes fiers d'annoncer que nous allons bientôt nous marier...* Un texte en noir et blanc avec une image en couleur du couple en question qui souriait en était la preuve.

Natasha allait se marier.

Peut-être.

En tout cas, Dean avait son mot à dire, c'est pourquoi, après avoir descendu une grande bouteille de whisky, il lui avait envoyé un message.

Lui rappelant que tout n'était pas terminé entre eux.

Le lendemain, il avait reçu une lettre recommandée d'un avocat qui exigeait sa signature. Une façon très impersonnelle de conclure les choses.

Nan. Dean avait brûlé la lettre et n'avait pas pris la peine de répondre. Le tigron attendit un peu plus. Il fit nettoyer sa maison de fond en comble. Il se fit couper les cheveux. Acheta un nouveau costume.

Les avocats envoyèrent deux autres demandes. Il mit également le feu à ces documents, dans le jardin avec un bidon d'essence et une allumette. Il fit exprès d'utiliser plus d'essence que nécessaire. Quand le feu prit, il alluma son cigare à partir des flammes dansantes et quand il tira une bonne bouffée, il s'en servit pour saluer le drone en vol stationnaire qui avait surveillé sa maison toute la journée. Il fit un clin d'œil avant de sortir une arme et de lui tirer dessus dans le ciel.

Si Natasha souhaitait le voir, elle n'avait qu'à venir en personne. Il attendit un peu plus. Repeint sa chambre. Il fit des haltères. Arracha le papier peint avec ses griffes puis replâtra le tout. À neuf heures trente-deux, sa montre vibra. Il lui suffit d'un regard pour sourire :

— Que le spectacle commence.

Son verre vide avait besoin d'être rempli. Une fois qu'il eut rempli le verre à moitié, Dean choisit de s'asseoir dans le fauteuil club gris au centre de son salon, un endroit plus vivant qu'il n'en avait l'air. Il y avait des murs blancs à sa gauche et à sa droite, avec un plafond haut et blanc. Derrière lui se trouvait la cuisine avec son énorme îlot central et ses placards en bois. Devant lui, il y avait une immense baie vitrée coulissante qui donnait sur un patio.

Les pavés imbriqués au sol étaient peu visibles à cause de la piscine à débordement qui était éclairée. Construite sur une falaise, il aimait flotter à la surface comme s'il faisait partie du ciel – il ne lui restait plus qu'à espérer que la paroi rocheuse ne se détache jamais, même si la menace du danger lui faisait encore plus apprécier cette oasis dans son jardin.

Il avait choisi d'attendre à l'intérieur de sa maison confortable, s'allongeant dans son fauteuil, posant son verre sur la colonne métallique à côté, en forme de rondin, qui faisait office de table. S'il appuyait sur l'un des boutons de l'accoudoir gauche, un écran descendait du plafond, lui permettant de regarder la télévision. Il laissa la télé éteinte, même s'il hésita à mettre un peu de musique. Mais quoi ? Quelque chose de doux et sensuel ou de dynamique ?

Il prit une autre gorgée de whiskey, appréciant la chaleur de la boisson alors que celle-ci glissait dans sa gorge, et attendit.

Paf!

La baie vitrée se brisa quand quelque chose la frappa violemment. Le verre éclaboussa le bois dur et roula sur le tapis en peau de buffle – qui était authentique, d'ailleurs. Dean l'avait pris à un chasseur sadique – juste après lui avoir fait regretter d'avoir torturé tous ces animaux.

Malgré le trou dans la vitre, Dean prit une autre gorgée de whiskey. Du courage liquide qui, avec un peu de chance, pourrait empêcher le sang qui alimentait son cerveau de descendre plus bas.

Il devait rester concentré. Il feignit une nonchalance qu'il n'éprouvait pas. Il sentait l'adrénaline bouillonner en lui.

Il était l'heure.

Une silhouette s'élança dans la pièce, couverte de la tête aux pieds par des vêtements sombres, dont un masque et une capuche. La corde se détacha et elle retomba sur ses pattes. C'était une tactique intéressante que d'avoir utilisé son toit.

Heureusement qu'il y avait installé des capteurs l'an dernier.

La silhouette fine n'était pas armée et ses traits étaient dissimulés, mais il n'avait pas besoin de les voir pour savoir de qui il s'agissait. Il frissonna. Sa bête fit de même et faillit émettre un grondement.

— Bonjour, Natasha. Ça fait longtemps.

Elle balança ses hanches de gauche à droite en s'avançant vers lui.

— Tu veux dire depuis notre nuit de noces ?

Tu parles, c'était plus un canular qu'un mariage. Natasha ne l'avait pas épousé parce qu'il était encore meilleur que le beurre de cacahuète et le chocolat mélangés ensemble. Elle s'était surtout servie de lui.

Il refoula sa colère et resta calme en lui disant :

— Ça fait quoi, cinq mois ? Six ?

Il aurait pu citer le nombre d'heures exactes à la minute près s'il avait voulu. Il garda cette information pour lui. Pff, comme s'il allait lui donner ce pouvoir. Et pour le moment, tout allait bien. Il avait encore toute sa tête.

Les mains derrière le dos, elle rétorqua :

— Ça fait bien trop longtemps. Je suis là pour demander le divorce.

Même s'il s'y attendait, il ne put s'empêcher de

grogner. Vu les mensonges qu'elle lui avait racontés, il aurait dû être heureux qu'elle veuille mettre fin à ce faux mariage. Pourtant, au fond, il avait su et le savait encore plus maintenant.

Elle est à moi.

Plus que jamais, il en était convaincu et pourtant elle ne semblait pas avoir le même problème que lui. Il avait lutté contre l'envie de la pourchasser depuis cette nuit. Ce n'était pas lui qui allait la supplier. Ou admettre ses faiblesses.

C'est pourquoi il avait attendu. Il avait attendu son heure. Il avait parié qu'un jour elle reviendrait, ne serait-ce que pour demander le divorce.

Il avait imaginé ce moment de tellement de façons différentes, certaines impliquant de la nudité et beaucoup de passion. Mais à chaque fois qu'il l'imaginait lui demander de mettre fin à leur mariage, sa réponse restait la même. *Non.*

Jamais.

Il n'accepterait pas, même si elle le séduisait, là tout de suite, et le faisait ronronner.

Il haussa un sourcil.

— Et c'est là que je dis que si je me souviens bien, nous avons fait vœu de rester ensemble jusqu'à ce que la mort nous sépare ?

— Si tu insistes.

Elle sortit la main derrière son dos, levant une arme devant son visage.

— Je suppose que tu as reçu mon message.

Celui qui était très basique et qui disait : « *Voici une copie de notre certificat de mariage. Signé, Ton époux* ».

— Nous ne sommes pas mariés.

— Je vois que tu es surprise. Tout comme moi quand j'ai réalisé que tu n'étais pas celle que je pensais.

— Ce mariage n'était qu'une mascarade, grogna-t-elle.

— Pour toi, peut-être. Pourtant, nous avons échangé nos vœux.

— Je suis partie avant que ça ne se termine.

— Apparemment pas assez tôt, étant donné que j'ai reçu un certificat par la poste deux semaines plus tard.

— Pourquoi est-ce que tu ne m'as pas prévenue quand tu l'as reçu ?

Natasha enleva son masque, dévoilant ses lèvres pulpeuses dans toute leur gloire. Ses yeux n'étaient qu'une mer houleuse.

Sa détermination commença à faiblir. Elle était toujours aussi belle. Il fallait qu'il reste fort. Il prit une autre gorgée de courage liquide avant de répondre :

— Je te l'aurais bien dit, mais tu as disparu sans donner de nouvelles.

— Parce que j'en avais fini avec toi ! s'exclama-t-elle, agitant l'arme avec une exaspération évidente.

— Toi, peut-être, mais moi j'ai toujours des choses à résoudre avec toi, chère *épouse*, dit-il délibérément en appréciant de la voir rougir de colère.

C'était une menteuse et une hypocrite, mais il restait fermement convaincu que sa place était auprès de lui.

— Est-ce que c'est un truc d'égo masculin ? Parce que c'est pas mon délire. Je t'ai utilisé. Passe à autre chose. Ne t'énerve pas contre moi parce que t'as pas fait ton travail en enquêtant sur moi.

Sa réponse insolente empêcha son sang de descendre plus bas.

— J'aurais fini par enquêter sur ton passé, dit-il en ronchonnant.

C'était une façon de lui rappeler à quel point il avait été négligent. Il n'avait pas pris la moindre précaution. Il n'avait pas envisagé une seule fois d'enquêter sur Natasha. Elle l'avait si bien berné. Il admirait son talent.

— Si ça peut te rassurer, je n'ai jamais beaucoup enquêté sur toi non plus. J'ai craqué pour ton numéro de tombeur nonchalant.

Sa remarque le fit sourire. Apparemment, ils avaient plus en commun qu'ils ne le pensaient.

— Qui a dit que c'était un numéro ?

— Parce que moi aussi j'ai fini par faire des recherches sur toi. Tu es un type plutôt intéressant et tu ne t'appelles pas vraiment Dean.

L'arme qu'elle tenait se stabilisa en direction de son cœur.

C'était un surnom qu'on lui avait donné, car les femmes de sa famille trouvaient qu'il leur rappelait cette coqueluche de la télévision dans cette émission sur le paranormal. Il préférait ça à son vrai nom : Neville Horatio Fitzpatrick.

— Tu serais vraiment capable de me tirer dessus, Natasha ? demanda-t-il, pas du tout inquiété, malgré le regard d'acier qu'elle lui jetait.

Elle devait forcément ressentir cette connexion qui pulsait entre eux. Cette électricité. Ou bien était-ce simplement une haine pure ? En tout cas, elle ne semblait clairement pas s'adoucir.

— Soit tu acceptes de divorcer, soit je vais soudainement devenir une veuve éplorée, Neville.

Elle fit exprès d'employer le prénom qu'il détestait.

— Tu es plus violente que dans mes souvenirs. Qu'est-il arrivé à la douce étudiante que j'ai rencontrée ?

La première fois qu'il l'avait vue dans ce bar, elle avait été timide avec de grands yeux écarquillés. Sirotant sa virgin piña colada, sa chemise boutonnée jusqu'au cou, sa jupe recouvrant ses genoux. Ses cheveux étaient attachés avec une simple barrette qui les retenait en arrière. Elle l'avait surpris en train de la regarder et avait souri en baissant la tête. Il avait totalement cru à son numéro de fille innocente.

— Tu as vu ce que tu voulais voir. Comme tous les autres hommes, dit-elle avec dédain.

Et il ne pouvait pas la blâmer. Elle avait raison. Il n'avait vu que cette femme pulpeuse qui lui donnait l'impression d'être un grand méchant tigron. Son odeur était parfaite et même si elle ne lui avait jamais montré son côté animal, il pouvait sentir la féline en elle qui l'attirait. Il avait envie de se frotter contre elle et de la recouvrir de son parfum. De délimiter une zone autour d'elle avec son urine pour la revendiquer comme sienne. De rugir en direction de tout le monde pour indiquer qu'elle lui appartenait.

Elle l'avait vraiment berné.

— Je suis surpris que les pistolets soient tes armes de prédilection.

Parce qu'il aurait dit que son arme la plus dangereuse était ses douces caresses. Elle avait une façon d'éveiller sa passion et de l'aveugler. Et bon sang, qu'est-ce que c'était agréable !

— Des pistolets. Couteaux. Points de pression. Du poison, dit-elle avec un sourire. J'ai eu une enfance intéressante.

Forcément, en étant la fille d'un célèbre mafieux russe, ce n'était pas étonnant. Même s'il ne connaissait rien de son passé quand il l'avait rencontrée. Tout ce qu'il savait à ce moment-là, c'était qu'il avait rencontré Natasha Smirnoff, étudiante étrangère russe, orpheline et actuellement aux États-Unis grâce à une bourse. Une tigresse solitaire qui avait le droit d'être sur le territoire pour étudier.

Encore des mensonges. Le Clan ne savait rien de Mademoiselle Smirnoff. Il avait brisé tellement de règles et fait tellement d'erreurs.

Alors qu'elle énumérait ses compétences de mercenaire, il leva son verre pour porter un toast.

— Aux profondeurs cachées de Natasha Tigranov. Y a-t-il autre chose que tu souhaiterais rajouter à la liste ?

— J'aime participer à des concours de tir à l'arc et de lancer de hache.

— Mais la question c'est de savoir si tu sais cuisiner.

Il connaissait déjà la réponse.

— Non.

— Alors comment fais-tu pour te nourrir ?

Elle se renfrogna.

— J'ai un cuisinier.

— Un cuisinier ? ricana-t-il. Est-ce que tu sais au moins comment faire bouillir de l'eau ?

— Bien sûr que je le sais. L'échaudage fait partie des techniques de torture que j'ai apprises. Tu veux que je te montre ?

— Seulement si tu comptes cuisiner des nouilles aux œufs frais. J'adore les pâtes, dit-il en se tapotant le ventre.

— Comme si j'allais cuisiner pour toi.

— Ce n'est pas comme ça que tu devrais te comporter, chère épouse. N'est-ce pas ton travail de faire plaisir à ton mari ?

Il fit exprès de dire la chose la plus sexiste à laquelle il put penser. Il était certain qu'elle allait lui tirer dessus. Sa main trembla un peu, mais elle garda le contrôle.

— Je ne suis pas ton épouse.

— J'ai des preuves qui attestent du contraire.

— Je vois que j'ai eu raison de demander le divorce en évoquant des différends qui ne pouvaient être résolus. Un divorce dont je ne devrais même pas avoir besoin puisque le mariage n'était probablement même pas légal.

— S'il n'était pas légal, alors pourquoi ton avocat ne l'a-t-il pas annulé ? demanda-t-il en prenant une autre gorgée.

— Il a essayé, dit-elle en pinçant les lèvres. Mais tu as ignoré les courriers que nous t'avons envoyés.

— Mais non ?

Son verre était vide. Pour le remplir, il fallait qu'il s'avance vers elle. Cela pourrait suffire à la faire craquer.

— Tu fais la moue parce que tu n'as pas eu ce que tu voulais ?

— Je suis d'humeur meurtrière parce que tu es délibérément exaspérant ! hurla-t-elle. Nous ne pouvons pas être mariés.

— Tu aurais peut-être dû y réfléchir avant de m'utiliser pour t'en prendre à mon meilleur ami !

Il perdit enfin un peu de son sang-froid. Non seulement elle s'était moquée de lui en le laissant seul devant l'autel, mais en plus, elle n'avait jamais été vraiment intéressée par lui.

Le rictus de Natasha s'accentua.

— Oh, tu es toujours fâché à cause de ce tout petit malentendu ?

— Tout petit ? lâcha-t-il presque d'une voix aiguë. Tu as tenu un couteau sous la gorge de Lawrence.

Ce qui était surprenant pour plusieurs raisons, la première étant qu'elle avait une arme cachée contre sa jambe.

— Il a survécu.

Elle ne précisa pas qu'il l'avait échappé belle.

— Tu t'es servi de moi !

— On s'est servis l'un de l'autre. Assez souvent si je me souviens bien. Au lit. En dehors.

Elle appuyait bien chaque syllabe, lui remémorant ces instants de nudité.

— C'était si souvent que ça ?

— Comme si tu avais oublié.

Elle avait raison, il se rappelait chaque instant. Très précisément. Mais il refusait de l'admettre.

— Le sexe était correct, je suppose.

— Correct ?! cracha-t-elle.

— Il faut reconnaître que ça fait longtemps. Et j'ai fréquenté d'autres femmes depuis. J'ai peut-être besoin que tu me rafraîchisses la mémoire. Tu veux bien baisser ton pantalon pour que je me remémore ?

Ses narines se dilatèrent et elle plissa les yeux. Les souvenirs et la jalousie se disputaient la première place sur ses traits. Évidemment, elle ne pouvait pas oublier le plaisir qu'il lui avait donné. Elle avait peut-être feint beaucoup de choses, mais ces orgasmes puissants n'en faisaient pas partie.

Le félin mesquin en lui appréciait de voir qu'il l'avait mise en colère en mentionnant d'autres femmes. Même s'il n'y avait eu personne dans sa vie depuis qu'il l'avait rencontrée. Il avait eu quelques rencards, mais aucune fille n'avait fini dans son lit. Leur odeur ne lui allait pas. Leurs sourires n'étaient pas assez convaincants.

— Je ne suis pas une salope qui ne sert qu'à satisfaire ta libido.

— Tu es mon épouse, ronronna-t-il. N'est-ce pas ton devoir de devoir répondre à mes besoins en tant que mari ?

Pendant un moment, il crut l'avoir poussée à bout. Ses yeux brillèrent de rage. Seulement durant une seconde, puis un calme suffisant s'empara d'elle.

— Je n'arrive toujours pas à croire que tu aies cru à mon numéro d'étudiante innocente. *Je n'ai jamais ressenti ça auparavant. Hélas, ce n'est pas notre destin*, dit-elle en battant des cils, se moquant de lui.

Lui rappelant comment elle l'avait poussé à agir rapidement en déclarant être folle amoureuse de lui et en prétendant que son visa étudiant allait bientôt expirer et qu'elle devrait le quitter pour rentrer chez elle.

Il l'avait immédiatement demandée en mariage. Elle avait dit oui. Ils avaient pris l'avion jusqu'à Las Vegas et il ne l'avait dit qu'à son ami le plus proche, Lawrence, un ligre qui se cachait mais qui était venu pour être son témoin.

Dean avait mené l'ennemi jusqu'à sa porte. Il avait eu de la chance que personne ne meurt le jour de son mariage. Et ce n'était pas faute d'avoir essayé. Il se souvenait encore de la sensation du cou fragile de Natasha dans ses mains.

CHAPITRE DEUX

Lors de cette fameuse nuit fatidique...
— Je n'arrive pas à croire que tu sois venu.

Dean prit son meilleur ami dans ses bras, la seule personne à qui il avait confié bientôt se marier.

— Comme si j'allais rater ton mariage !

Lawrence avait revêtu un smoking pour l'occasion et si l'on ignorait les poches sous ses yeux, il paraissait en forme. Mais il avait perdu du poids. Quand on fuyait la mafia, ça pouvait couper l'appétit.

— Attends de rencontrer Natasha. Elle est incroyable, s'était enthousiasmé Dean.

Dès la première fois qu'il l'avait vue, il avait été

captivé. Il ne s'était jamais imaginé se poser un jour et certainement pas avec quelqu'un d'aussi doux et innocent qu'elle. Mais au fond, il savait que ça marcherait.

Lawrence lui tapa dans le dos.

— Je suis impatient d'apprendre à la connaître.

Et à ce moment-là, Dean avait hâte qu'elle devienne son épouse. Elle s'était habillée en blanc avec une jupe longue et fluide et un corsage serré qui épousait les courbes de ses seins. Elle avait gardé la tête baissée et avait fait de petits pas jusqu'à l'autel, baignée par la lumière de la boule disco. En y réfléchissant bien, il se souvint avoir remarqué qu'elle fronçait les sourcils en regardant le prêtre derrière Dean. Celui-ci remplaçait le précédent qui avait eu un imprévu. En vérité, Dean n'aimait pas sa tête. Il avait demandé un Elvis authentique, pas ce gorille à paillettes qu'on lui avait envoyé.

Heureusement qu'on pouvait rapidement louer un nouveau prêtre pour un remplacement. Au cours de la cérémonie, Natasha le regarda à peine. C'est quand il prit les alliances qu'elle décida d'agir.

Elle déchira son voile et le jeta au moment même où il se retournait. Elle emmêla le tissu flottant autour de sa tête. Le temps qu'il arrache le tulle pour voir à nouveau, Natasha avait déjà bondi, un couteau dans la main gauche, entraînant Lawrence au sol par surprise. Une fois son ami coincé sous elle, elle avait placé la pointe du poignard sous sa gorge.

Dean dut cligner plusieurs fois des yeux d'un air choqué avant de réussir à dire :

— Natasha, qu'est-ce que tu fais ?

Elle ne le regarda pas une seule fois en grognant :

— Ce ligre pervers sait très bien pourquoi je suis là.

— Attends, tu connais Lawrence ?

Il fronça les sourcils. Cela n'avait aucun sens étant donné que son ami n'avait pas semblé la reconnaître en la voyant.

— Alors comme ça on a été un mauvais garçon, murmura-t-elle. Mais au lieu de te comporter en homme, tu t'es caché.

Sa remarque ne fit qu'empirer la confusion de Dean.

— Lawrence je croyais que tu avais dit que c'était la mafia qui en avait après toi.

À l'époque, Dean l'avait martelé de questions, voulant savoir comment il avait mis la mafia en colère. Était-ce une histoire d'armes ? De drogues ? Mais Lawrence avait refusé de répondre.

Son ami déglutit avec difficulté et lui dit.

— Mais *c'est* la mafia qui en a après moi.

Dean jeta un coup d'œil en direction de Natasha, une femme qui ne paraissait plus innocente malgré les restes de sa robe blanche.

— Tu travailles pour les méchants ?

— Ça dépend de *quel* côté tu es. Et je préfère préciser que ce n'est pas du travail. Ça concerne la famille.

— Je ne voulais pas contrarier Sasha, déclara Lawrence.

— Tu as fait pleurer ma cousine ! dit Natasha en pressant le couteau contre sa peau, assez fort pour le faire saigner.

La situation était sérieuse et pourtant Dean ne put s'empêcher de rire.

— Tu menaces de lui trancher la gorge parce que lui et ta cousine ont rompu ?

— Il s'est joué d'elle.

— Je ne lui ai jamais rien promis, insista Lawrence.

— C'est pas pour autant que c'est correct. J'ai promis à Sasha d'arranger les choses.

— Tu veux que l'on joue une musique sinistre pour accompagner ta menace ?

Dean vacilla en apprenant qu'il s'était fait berner.

— Je ne dis pas non. Tu as une playlist ?

Ses lèvres s'étirèrent en un sourire sadique et il la maudit de rendre cela sensuel.

C'était le mauvais moment. Au mauvais endroit. Et apparemment, c'était la mauvaise personne.

— Et si, au lieu de tuer Lawrence, tu trouvais un autre petit ami à ta cousine ?

— Mais ce n'est pas aussi amusant, dit Natasha en faisant la moue.

Et cela aurait pu paraître sincère s'il n'avait pas perçu cette lueur d'acier dans son regard.

Qui était cette femme ? Car elle n'était clairement pas la gentille Natasha, l'étudiante en difficulté sans famille et dont la bouche était si douce.

Cette femme était encore plus sexy et menaçait actuellement son meilleur ami qui ne se retenait manifestement que pour une seule raison.

Dean jeta un coup d'œil à Lawrence et hocha discrètement la tête dans sa direction. *Vas-y*.

Elle devait avoir du flair ou bien ses réflexes étaient tout simplement très bons. Quand

Lawrence plaça ses genoux entre leurs corps, elle roula plus loin et atterrit en position accroupie avec son couteau dans la main et un rictus aux lèvres.

— Je vois qu'il y en a un qui a pris des cours de self-défense, railla-t-elle alors que Lawrence se relevait.

Elle ne regarda pas Dean. Pas une seule fois. Elle ne remarqua pas la plus grande menace de cette chapelle. Elle garda les yeux rivés sur Lawrence, sans même remarquer que Dean avait commencé à tourner autour d'elle.

— Je suis sûr qu'on peut en discuter, dit son ami.

— Je préfère t'empêcher de briser le cœur des jeunes filles sensibles.

Elle jeta son couteau dans sa direction et rata son ami de peu.

Mais elle ne sembla pas s'en soucier et sortit une autre lame de son corsage. Combien en avait-elle sur elle exactement ?

— Je suis certain que Sasha finira par m'oublier.

— Peut-être, mais je lui ai fait une promesse. Elle m'a dit « *Tashy, le grand méchant chaton m'a rendu triste* ». Comment aurais-je pu dire non ?

Dean faillit rigoler.

Quant à Lawrence, il n'avait pas encore sorti le pistolet qu'il avait sûrement caché.

Probablement parce qu'ils étaient tous les deux conscients que le prêtre Elvis était en train de les observer. Un prêtre totalement humain. C'était la raison pour laquelle il ne s'était pas encore déshabillé.

Mais Natasha se fichait qu'ils aient un public.

— Tu comptes m'obliger à te courir après en jupe ou est-ce que tu vas accepter ta punition comme un homme ?

— C'est marrant que tu parles de punition, grogna Dean en plongeant vers elle, voulant serrer sa fiancée dans ses bras.

Sauf qu'elle l'esquiva.

— Allons, allons. Tu n'as pas à t'impliquer.

Elle agita la lame du couteau dans sa direction.

— Je dirais que j'ai été impliqué dès l'instant où nous nous sommes tous les deux présentés pour dire : Oui, je le veux ».

— Je crois bien que je t'ai eu, se moqua-t-elle.

Elle avait raison. D'habitude, Dean était plus prudent. Mais il lui avait suffi de renifler une fois sa compagne pour perdre toute capacité à entendre raison.

Même encore maintenant, il avait envie de

poser sa bouche contre son cou et non pas de la trancher.

Il avait envie de la couvrir de baisers avant de lui arracher ce corsage.

— En parlant de s'être fait berner. Je n'ai peut-être pas été totalement honnête non plus.

— C'est-à-dire ? demanda-t-elle en regardant enfin Dean.

Lawrence saisit cette opportunité pour se ruer sur elle par-derrière. Mais elle pivota, posa un genou à terre et lança son couteau. Il fut touché au niveau de l'épaule supérieure et il rugit. Ses traits commencèrent à onduler, son corps se mit à gonfler, sur le point de se transformer.

Elvis chantait quelque chose en rapport avec des chaussures en daim bleu et sur le fait qu'on n'était jamais mieux que chez soi[1].

Dean secoua la tête. Pas ici. Pas maintenant. Lawrence siffla en retirant la dague.

C'est lorsqu'une sonnerie de téléphone retentit, avec l'*Ave Maria*, que Natasha soupira.

— Je te jure, elle n'appelle jamais au bon moment, putain.

Elle répondit d'une main en tirant un autre couteau de l'autre.

— Qu'est-ce qu'il y a Sasha ? Je suis occupée à réparer tes erreurs.

Elle l'écouta, son regard oscillant entre Dean et Lawrence.

Dean s'était toujours vanté d'avoir une très bonne ouïe, mais même lui ne comprenait pas ce qu'elle lui disait. Il vit seulement Natasha hocher la tête avant de ranger son téléphone et son couteau dans son corsage.

— C'est ton jour de chance ! Sasha s'est trouvé un nouveau petit copain et m'a dit que, même si tu étais une sombre merde, elle avait hâte de te recroiser, car tu crèveras de jalousie. Tu réaliseras à quel point elle est incroyable et même si elle te repoussera dans un premier temps, vous finirez par coucher sauvagement ensemble en transpirant.

Lawrence cligna des yeux, naturellement.

— Quoi ?

— Elle dit que tu ne dois plus mourir, imbécile, s'agaça Dean.

Il n'était plus en état de choc, mais bien en colère.

— Youpi ? dit Lawrence en posant la main sur sa plaie qui saignait.

— Tu ferais mieux d'aller t'acheter un ticket de loto parce que c'est ton jour de chance. Ce n'est pas souvent qu'une de mes cibles repart libre, annonça-t-elle.

Sa remarque incita Dean à lui demander :

— Mais qui es-tu vraiment ?

Comme pour se moquer de la situation, Elvis choisit cet instant pour dire :

— Félicitations, il semblerait qu'elle soit votre épouse.

— Ferme-là ! dirent-ils en se retournant vers le type qui serra soudain sa jolie bible décorée contre son torse.

C'est Lawrence qui le réalisa en premier.

— Nom d'une herbe à chat, putain ! C'est une Tigranov. Je ne comprends pas comment j'ai pu ne pas le voir avant.

— Tigranov ? Tu veux dire la famille des tigres russes ?

Dean savait qu'elle était une féline rayée, mais comme il avait cru à son histoire d'orpheline, il n'avait pas creusé son passé.

— Pas n'importe quelle Tigranov, si ça peut te rassurer, railla-t-elle. Je suis la fille de Sergeii Tigranov en personne.

— Tu es la tsarine ? souffla Lawrence.

— En chair et en os.

Elle fit une révérence d'un air moqueur, puis

Natasha éclata de rire. Elle ne ressemblait plus du tout à la fille timide qu'il avait connue. Elle avait une voix rauque, moqueuse, et avec un côté diabolique.

— Incroyable. Tu m'as menti tout le long.

— Ne pleurniche pas parce que tu t'es fait berner.

Elle se tenait devant lui avec sa robe de mariée blanche, toujours aussi belle – même *plus* magnifique encore avec cet air menaçant. Elle ne montrait pas une once de peur, même après avoir contrarié deux hommes puissants. Ce n'était pas seulement ses compétences en matière de combat qui retenait Dean, mais qui elle était.

Une princesse. Une princesse de la mafia.

Un mensonge qu'il laissa sortir de l'église.

Une femme qui était désormais son épouse.

Et malgré ses convictions… : son âme sœur.

CHAPITRE TROIS

Mais pourquoi cet abruti ne disait ni ne faisait rien ? Il était assis dans son fauteuil, observant Natasha, ce qui lui laissa le temps de remarquer qu'il n'avait absolument pas changé depuis les quelques mois qui avaient précédé leur faux mariage. Toujours aussi beau. La mâchoire aussi carrée que dans ses souvenirs. Son corps robuste et musclé était détendu. Il paraissait totalement désinvolte alors qu'il sirotait son whisky. En attendant, son cœur battait la chamade et elle était à bout de souffle, sans même avoir fait d'effort. Il lui faisait toujours cet effet. Le salaud.

— Chère épouse, dit-il en faisant exprès. Nous ne devrions pas nous chamailler, pas quand tu me fais l'honneur de venir me rendre visite. Même si à l'avenir je te recommande plutôt d'utiliser la porte d'entrée. Après tout, *mi casa es su casa*[1].

Dire qu'il était son mari. Seulement par le nom. Toute consommation avait eu lieu avant leur mariage. Elle serra les dents.

— Ne m'appelle pas comme ça.

— Comment ? Épouse ?

Il sourit. Ses dents étaient de jolies perles blanches, capables de la mordiller doucement en lui faisant du bien. Mais aussi capable de trancher des gorges. Elle avait vu les photos. Elle avait lu son dossier – après coup et un peu trop tard.

Son mari accidentel était plus qu'un tigron paresseux qui possédait trop d'argent. Il travaillait pour le Groupe du Clan.

Il chassait pour eux, à vrai dire. Il était très bon selon les rapports, et pourtant, il ne l'avait pas vue venir. C'était une victoire personnelle de l'avoir si bien berné.

Mais maintenant que c'était son tour, elle ne se sentait plus si charitable.

— Tu savais que ce mariage était une erreur. Il n'était pas censé être réel.

Quand Lawrence était parti se cacher, la seule piste qu'elle avait à l'époque était ce type du nom de Dean, son meilleur ami. Elle avait orchestré un faux mariage pour faire sortir Lawrence de sa cachette et le faire venir, là où il serait vulnérable et où elle pourrait faire passer un message. Parce qu'elle avait besoin de se faire entendre. Si tu t'en prends à un Tigranov, tu t'en prends à tous les Tigranov. Ils étaient les croquemitaines que les métamorphes craignaient. Ceux qui protégeaient leurs secrets et rendaient justice s'ils étaient lésés. Elle faisait partie de leurs tueurs à gages.

— Eh bien si tu n'aimes pas le mot *épouse*, alors je suppose que je vais te surnommer comme je le faisais avant. *Bébé*, dit-il d'un ton moqueur.

Fut un temps où elle aimait qu'il l'appelle comme ça. Désormais, ça l'insupportait.

— Tu pousses vraiment le bouchon trop loin et je te rappelle que c'est moi qui suis armée.

— Ce qui est surprenant d'ailleurs. J'aurais pensé que tu essayerais de m'étriper à l'ancienne, comme tu as essayé de le faire avec Lawrence. Tu te souviens, notre témoin de mariage ? Celui que tu as essayé de tuer.

— Mais je ne l'ai pas fait.

Elle n'avait jamais vraiment eu l'intention de le tuer, cela aurait causé trop de complications. Mais lui faire craindre la famille Tigranov ? Oui, clairement. Et pour ça, la mutilation était plutôt efficace.

— Tu t'es servi de moi.

— Tu pleurniches encore sur cette histoire ? dit-elle en levant les yeux au ciel.

— Oh que oui je vais me plaindre. Tu m'as convaincu de t'épouser, tout ça pour faire sortir Lawrence de sa cachette.

— Tu peux reconnaître que c'était un plan brillant, jusqu'à ce que quelqu'un décide de remplacer mon faux prêtre par un vrai, dit-elle en lui jetant un regard noir.

— Oui, l'un de nous avait envie de vivre l'expérience authentique du mariage avec Elvis. Les photos sont très belles, d'ailleurs.

Elle serra la mâchoire, pas parce qu'elle n'était pas d'accord. Il avait envoyé une photo avec son courrier et effectivement elle était canon.

— Je veux que tu détruises ces images et que tu acceptes d'annuler ce mariage.

Un sourire lui étira les lèvres et certaines parties de son anatomie, qui n'auraient pas dû, se réchauffèrent.

— Et pourquoi ferais-je ça ? Pour ma part, j'ai envie de me souvenir de ce jour spécial.

— Pourquoi ?

— Contrairement à toi, j'étais sincère quand

j'ai promis de rester avec toi jusqu'à ce que la mort nous sépare.

— Je ferais mieux de te tirer dessus, ici et maintenant et m'épargner le désagrément d'un divorce, lâcha-t-elle avec colère.

— Tu veux faire honneur à ton nom de famille ?

— Ce n'est pas pour rien que je suis la préférée de Papa.

Son frère était un bon à rien et sa sœur une idiote insipide.

— Ah, oui, ton papa. Il est au courant pour notre mariage ?

— Non, et c'est mieux pour toi qu'il ne le découvre jamais. Si tu trouves que je suis trop protectrice avec ma cousine, tu devrais voir comment il est avec moi.

— Je ne vois pas en quoi le mariage est une mauvaise chose.

— Tu ne lui as jamais demandé sa permission.

Il haussa les sourcils.

— Et aurait-il accepté si je l'avais fait ?

Elle l'observa. Puis sourit doucement.

— Tu ne serais jamais ressorti de son bureau vivant. Papa n'est pas du genre à accepter que l'on épouse quelqu'un qui n'est pas de notre espèce. Il s'agit d'assurer la pérennité de la famille.

— C'est marrant, parce que j'ai toujours entendu dire qu'apporter du sang neuf était le meilleur moyen d'éviter d'avoir des enfants avec trois yeux et deux queues.

L'insulte la fit s'exclamer :

— Nous ne sommes pas des consanguins !

— Si tu le dis. J'imagine que ça veut dire que ton père n'est pas non plus ton oncle et ton frère et que ta mère n'est pas ta sœur ou ta tante.

— C'est dégoûtant.

— C'est à ça que je pense quand tu commences à parler de dynastie familiale et toutes ces conneries.

— Eh bien, tu as tort. On a beaucoup réfléchi à la consolidation organisée des lignées familiales.

Il grimaça.

— Ça a l'air très désagréable. J'imagine que c'est pour ça que tu es fiancée à ce *garçon* ? dit-il avec dédain.

D'un côté, elle comprenait sa moquerie. Au premier abord, son fiancé donnait l'impression d'être une sorte de mauviette. Mais apparemment, son faux mari n'avait pas réalisé qu'il n'était pas le seul à avoir un rôle social.

— C'est un bon parti.

Approuvé par son père et cela comportait de nombreux avantages pour elle.

— Est-ce que cet enfant prodige sait que tu es une tueuse ?

Simon était issu d'une famille de tigres de Sibérie, plus blonds qu'orange. Alors que les Tigranov avaient tendance à varier les teintes voire, dans certains cas, à être rayés de noir et marron.

— Simon sait tout de moi, ronronna-t-elle. Il connaît tous mes soupirs, gémissements et chaque centimètre de ma peau, mentit-elle.

Et elle fut récompensée par un grognement de colère.

— Tu admets avoir commis un adultère, *bébé* ?

Ses poils semblaient se hérisser. Elle avait enfin touché un point sensible : sa jalousie.

Elle haussa un sourcil.

— Est-ce vraiment de l'adultère si on le fait tous les deux ?

Encore un mensonge. Elle n'avait fréquenté personne depuis Dean. Elle n'en avait pas eu envie, ce qui l'avait obligée à inventer une histoire pour Simon, lui expliquant qu'ils devaient s'abstenir. Elle lui avait dit qu'il allait devoir attendre jusqu'à leur nuit de noces. Non pas qu'il lui ait mis la pression. Mais combien de temps est-ce que son fiancé se contenterait-il de quelques baisers chastes ?

Pourrait-elle vraiment épouser Simon et le laisser venir dans son lit ? En revoyant Dean, elle redoutait la réponse à cette question.

— Tu as gardé un œil sur moi ? demanda-t-il. Je suis flatté.

— Ne le sois pas. J'enquête toujours sur mes cibles.

Comme elle ne pouvait pas l'oublier, elle avait enquêté sur lui. Puis, fascinée par ce qu'elle avait trouvé, elle l'avait surveillé de temps en temps. Se haïssant à chaque fois qu'elle allait regarder et pourtant, elle ne pouvait s'empêcher d'aller voir ce qu'il faisait.

Son personnage public était un célibataire insouciant, une couverture à laquelle elle avait cru auparavant. Cela semblait en contradiction avec le sérieux du chasseur à gages, qui ne laissait aucune trace écrite derrière lui. Mais elle avait lu des rapports sur son travail. Maintenant, elle savait de quoi il était capable.

Un homme comme lui n'aimait pas qu'on le trahisse et pourtant, il l'avait laissée tranquille tout ce temps. Il l'attendait, car il savait qu'elle reviendrait un jour.

— Est-ce qu'en refusant d'accepter le divorce, tu cherches à te venger ? Es-tu vraiment si mesquin ?

Elle le poussait à bout en s'attaquant à sa fierté.

— Me venger ? Au contraire, notre mariage a été une bénédiction. Je n'ai plus de mamans pleines d'espoir qui essaient de me capturer pour leurs filles. Seulement de charmantes dames qui proposent de me consoler après que ma cruelle épouse m'ait abandonné.

— Personne ne croit vraiment à cette histoire, si ?

— Ça, c'est ce que tu crois. Et pourtant, tous les jours, une femme m'offre sa poitrine pour que je puisse pleurer dessus.

Natasha voyait bien ce qu'il essayait de faire, il voulait la rendre jalouse, sauf qu'elle n'allait pas tomber dans son piège.

— Je suis contente que tu aies des gens pour te consoler. C'est important d'être avec la bonne personne, c'est pour ça que je suis heureuse que mon père m'ait présenté Simon.

Elle en rajoutait, et il la crut.

— Je n'arrive pas à croire que tu laisses ta famille te pousser à épouser ce connard.

Le juron lui échappa et lui exposa cette faille dans son armure.

De la jalousie ? Cela lui fit assez plaisir pour qu'elle se mette à sourire et titiller sa colère.

— Qui a dit qu'ils me poussaient ? Tu l'as déjà vu ? Il est grand, beau, plutôt doué. Il a fini premier de sa classe à l'université.

Malgré sa tentative, il parvint à étouffer sa crise de jalousie.

— Tu as de la chance que ce mariage arrangé se soit transformé en véritable amour.

Elle faillit dire la vérité : elle ne l'aimait pas. Et elle ne l'aimerait probablement jamais. Simon n'occupait pas toutes ses pensées. Il ne faisait pas vibrer tout son corps en la rendant alerte.

— C'est un bon parti.

Un couple solide qui produirait de parfaits petits héritiers.

— Si tu le dis.

Elle sentit le doute dans sa voix et détesta sa perspicacité. En réalité, la raison principale pour laquelle elle avait accepté d'épouser Simon était parce qu'elle avait fait une promesse à sa babouchka[2] mourante. Bizarrement, elle était capable de tuer n'importe qui dès que sa famille lui en donnait l'ordre, mais quand sa babouchka lui avait dit qu'elle souhaitait que Natasha épouse cet héritier de Saint-Pétersbourg et fasse des bébés, elle n'avait pas discuté – pas beaucoup en tout cas. Notamment parce que sa tante Cecilia lui avait fait une clé de bras en hurlant :

— Promets-le-lui imbécile, elle est en train de mourir.

Ce qui finalement, s'était avéré ne pas être tout à fait exact.

Babouchka s'était miraculeusement rétablie peu après que Natasha ait accepté d'épouser Simon, cela signifiait qu'elle pouvait donc encore régner sur la famille, ce qui, pour ceux qui n'étaient pas nés tigres, voulait dire qu'elle était encore la reine des garces parmi le peuple tigré.

— C'est bon, t'as fini avec tes questions concernant mes noces à venir ? s'agaça-t-elle. J'aimerais bien qu'on règle notre affaire.

— Tu peux dire le mot, bébé : notre divorce. Le problème, c'est que je ne pense pas en avoir envie. Ça ne me semble pas correct de simplement baisser les bras.

Elle pointa soudain l'arme sur son visage.

— Soit tu signes les papiers que j'ai apportés, soit je te tire dessus. À toi de choisir.

Elle espérait vraiment qu'il ne choisirait pas la

dernière option. Elle n'avait pas de vêtements de rechange si jamais il se mettait à pisser le sang.

— Tu es dure en affaires, bébé.

— On ne négocie pas là. C'est soit tu le fais, soit tu meurs.

— Voyons ces papiers.

Elle garda l'arme pointée vers lui pendant que son autre main sortait l'enveloppe rangée dans la longue poche cousue le long de sa cuisse.

Le pantalon cargo était son vêtement de prédilection lorsqu'elle faisait du parachutisme. Elle ne sortit jamais les papiers de sa poche, son regard fut immédiatement attiré par un point rouge. Elle laissa l'enveloppe dans sa poche et regarda le point à la place alors que celui-ci se déplaçait rapidement sur le mur, cherchant une cible.

Il y avait moins de cinquante pour cent de chance que ce soit pour elle. Mais peu importe.

— Baisse-toi! hurla-t-elle.

Il ne discuta pas. Il se jeta par terre, atterrissant sur les mains, la tête levée pour suivre le point rouge.

Natasha s'accroupit et pivota pour observer la vitre qu'elle avait brisée. Qui, en y réfléchissant, attirait beaucoup *trop* l'attention. Elle avait pensé à entrer par devant en toquant comme une adulte mais... cette façon de faire était plus amusante. Elle avait voulu prendre son soi-disant mari par surprise.

Au lieu de ça, cet homme, toujours aussi suave, avait fait comme s'il s'attendait à ce qu'elle vienne.

Le point disparut sans qu'aucun coup n'ait été tiré, mais cela ne l'empêcha pas de sortir en courant, à moitié accroupie, évitant le verre tranchant, l'arme en l'air, prête à tirer.

Sortant dans la nuit, il lui fallut quelques secondes pour s'orienter.

Sa piscine, éclairée par les lumières incrustées dans la paroi en céramique, illuminait la nuit par des ondulations. Des ombres semblaient se déplacer, notamment à cause de l'eau en mouvement qui faisait osciller les lumières. Près de la cabane, elle remarqua qu'il y avait quelque chose d'étrange, comme une zone d'ombre plus sombre.

Elle courut vers celle-ci et vit un éclair de fourrure passer, orange et noir avec une crinière duveteuse et une queue très touffue, elle aussi orange et noire. La couleur d'un tigre, avec la fourrure d'un lion. Neville s'était transformé en tigron et elle trébucha devant cette vision.

Il était ridicule et magnifique à la fois. Comment se faisait-il qu'elle n'ait encore jamais vu cette facette de lui avant ? Leur relation éclair ne lui avait jamais laissé le temps de rencontrer plus que l'homme. *Grrr.* Il bondit et quelque chose couina.

— Ne les mange pas ! hurla-t-elle.

Pas avant qu'elle ne sache sur qui ils comptaient tirer. Probablement son mari. Personne ne savait qu'elle était ici. Entendant un bruit derrière elle, elle se retourna. Son regard balaya l'intérieur de la maison avant de remonter vers le toit. Elle avait écrasé les capteurs en arrivant, l'hélicoptère ayant été assez gentil pour la laisser descendre un kilomètre plus loin. Elle était venue en utilisant un planeur à propulsion courte. Heureusement que le vent avait été en sa faveur ce soir.

Un visiteur armé se trouvait sur le toit, le point rouge semblant s'attarder derrière elle, en direction des corps qui se battaient et grognaient.

— Oh non, même pas en rêve !

Elle courut vers la table du patio, plongeant sur celle-ci pour s'élancer à nouveau, les doigts tendus vers le rebord du toit.

Elle agrippa la gouttière et balança ses jambes pour s'y accrocher. En une seconde, elle grimpa sur les tuiles et s'élança vers la cible en mouvement.

Il atteignit le sommet et disparut de l'autre

côté. Rapidement, elle rejoignit le bord, juste à temps pour le voir sauter. Puis, *vroum*, elle entendit le grondement d'un moteur alors qu'il s'échappait, le feu arrière de la moto la narguant.

Arf. Elle s'assit au bord du toit et fut sur le point de sauter lorsqu'un homme nu arriva en courant de l'autre côté de la maison en hurlant :

— Ramène-moi ma moto, connard !

Il était important de souligner qu'un Neville nu était tout aussi sexy qu'un Dean nu et que le fait de changer son prénom dans sa tête ne changeait rien à cela. Elle n'avait jamais eu à se plaindre de son corps. Pas même la fourrure rayée sur son torse. Elle savait très bien qu'il se teignait les cheveux pour les foncer. Une coloration qui n'avait pas survécu à sa transformation. Ses cheveux clairs et rayés étaient ébouriffés alors qu'il passait la main dedans. Il dit d'un air très mécontent :

— Pourquoi est-ce que tu ne lui as pas tiré dessus ?

— Je ne tire que sur ceux qui le méritent.

Il lui jeta un regard noir.

— Tu n'arrêtes pas de menacer de me tuer.

Elle pinça les lèvres.

— C'est ce que je dis.

Elle sauta par terre.

— Y a-t-il une raison pour laquelle quelqu'un voudrait te tuer ?

— Jusqu'à ce soir, personne n'essayait.

— J'ai du mal à y croire.

Il haussa les épaules.

— Je ne dis pas que personne n'a jamais essayé. Mais en général, ils n'ont droit qu'à une seule chance.

— T'es arrogant.

— Pas si c'est vrai.

— Écoute, je n'ai pas besoin d'être impliquée dans tes problèmes. Je suis juste venue ici pour divorcer. Te voilà servi.

Elle sortit l'enveloppe avec les documents et les lui tendit, faisant de son mieux pour garder les yeux rivés sur son visage et non sur ce corps nu qui la tentait.

Il ne prit pas les documents.

— Si ça ne te dérange pas, je vais d'abord enfiler un pantalon. Puis je vais me servir un verre. Et après ça, je vais interroger la personne qui se trouve dans la cabane de ma piscine.

Elle cligna des yeux.

— Tu as attrapé le tireur ?

— Nous n'avons pas tous échoué.

Il s'en alla et ses fesses fermes qu'elle reluqua, atténuèrent un peu son insulte.

— La personne que je poursuivais avait un temps d'avance ! se défendit-elle, suivant ce fameux cul.

— Et toi tu étais lente. Pourquoi tu ne t'es pas transformée ?

— Nous n'avons pas tous besoin de le faire en public.

— Mon jardin n'est pas un lieu public.

— Dis ça à tes deux visiteurs.

Il s'arrêta et pivota vers elle pour lui jeter un regard noir.

— Tu comptes vraiment me reprocher d'être une victime ?

Juste parce qu'elle savait que ça l'agacerait, elle rétorqua :

— Oui.

— Je comprends mieux pourquoi les Tigranov t'ont choisie comme ambassadrice du mal.

Elle cligna des yeux.

— Mon titre officiel est tueuse à gages.

— C'est la même chose.

— On dirait que t'es jaloux.

— Comment peux-tu m'en vouloir, ricana-t-il.

Qui ne voudrait pas être un tueur à gages pour les personnes les plus importantes de notre société.

— Une personne normale.

Il montra les dents en souriant et répondit :

— Qui a dit que j'étais normal ?

— Comment se fait-il que je n'aie jamais remarqué ce côté sarcastique chez toi, quand on s'est rencontrés ? demanda-t-elle en fronçant les sourcils.

— Parce que je t'aimais bien.

Le message était clair : *maintenant je ne t'aime plus*.

Cela n'aurait pas dû l'attrister.

Alors qu'ils contournaient la maison, la cabane désormais en vue, elle dit :

— Tu peux parler au fait, tu n'es pas un vrai cuistot mais un tueur aussi, pour le Groupe du Clan.

— Un chasseur, la corrigea-t-il. Et je suis flatté que tu aies pris le temps de te renseigner sur moi.

— Je n'ai pas... C'est...

Elle balbutia en réalisant qu'elle venait d'admettre qu'elle avait enquêté sur lui.

— Est-ce que tu comptais me le dire un jour ? finit-elle par lâcher.

Il haussa les épaules.

— Peut-être. Vu ta nature timide, je voulais m'assurer que tu pouvais supporter mon côté violent avant de le divulguer. Au pire, ma couverture en tant que chef cuistot aurait fonctionné.

— Et si j'avais vraiment été cette fille innocente et que je m'étais enfuie en découvrant la vérité ?

— Je t'aurais pourchassée, dit-il avec un sourire clairement féroce.

Mais qu'aurait-il fait s'il l'avait attrapée ?

Le frisson délicieux qui la traversa apporta avec lui de belles idées qui avaient tout à voir avec le plaisir de la chair et non pas la torture et la douleur.

— Tu te sers de ton travail comme couverture, dit-elle.

— Être un connaisseur renommé de la cuisine, qui aime les ingrédients frais, est assez utile quand je dois quitter la ville pour effectuer mes missions.

— C'est une bonne couverture, admit-elle à contrecœur.

Alors qu'ils contournaient la piscine, il jura :
— Merde !

La porte de la cabane était grande ouverte.

— Apparemment, tu es un meilleur chef cuistot que chasseur. On dirait bien que ta proie s'est enfuie.

— Impossible ! Je l'avais plus saucissonnée qu'un sanglier à la broche sur un lit de braises le soir de Noël.

Pendant un moment, elle sentit presque la graisse qui crépitait et elle saliva.

— C'est assez précis.

— Je mentionne juste qu'il était impossible pour le tireur de s'échapper.

— Peut-être que le vent a ouvert la porte.

Il entra dans la cabane et sortit en secouant la tête, tenant un peignoir.

— Elle a disparu. Merde.

Il enfila le peignoir et le ceintura autour de sa taille.

Dommage. Il n'était pas obligé de se cacher.

— Pour un grand chasseur, ton système de sécurité est nul, le nargua-t-elle.

— Je ferais peut-être mieux d'engager un pro pour s'en occuper.

Elle haussa les sourcils.

— Ne me regarde pas comme ça. Je ne suis pas disponible pour travailler, parce que je me marie dans une semaine.

— Si tôt ?

Il lui tourna le dos et une lumière rouge fixe

derrière un pot de fleurs près du cabanon attira l'attention de Natasha.

Y avait-il toujours eu une lumière ?

— C'est une caméra de surveillance à côté de l'hibiscus ?

Il se retourna pour observer ce qu'elle pointait du doigt, s'accroupit et écarta les feuilles.

— Merde. Bombe. À couvert !

Il venait tout juste de se jeter vers elle quand l'explosion retentit.

CHAPITRE QUATRE

L'impact de la bombe l'envoya valser et Dean survola le bord de la piscine avant d'atterrir dans l'eau, ce qui était bien mieux que par-dessus la falaise. Heureusement, il tomba dans l'eau sous sa forme humaine. Son félin, qui était un peu une minette, pensait que s'il n'y avait pas de bulles ni de canards en caoutchouc, c'était une perte de temps.

Il tomba les pieds en avant et coula jusqu'au fond, ce qui lui permit d'être protégé des balles et autres projectiles qui auraient pu le blesser. Dean garda les yeux ouverts et observa, du mieux qu'il put, les objets qui tombaient dans la piscine. Une chaise jardin, un morceau de table, des morceaux de revêtement de la cabane, une femme inconsciente.

Quel bazar. Il allait avoir besoin qu'une équipe vienne filtrer et nettoyer la piscine, sans parler de la cabane qui allait devoir être reconstruite, des tâches ordinaires qu'il relégua au second plan pour se concentrer surtout sur des sujets plus importants.

1. Qui diable avait envoyé des snipers chez lui avec une bombe ?
2. En avaient-ils après lui ou quelque chose d'autre ? Et...
3. S'il ne faisait rien pour sauver Natasha il allait finir veuf.

BIZARREMENT, malgré son attitude, cette idée de l'enthousiasmait pas beaucoup. Il se mit à nager dans la piscine en direction de son corps qui coulait et alors qu'il nageait plus vite, sa silhouette ralentit et finit par se détendre avant de flotter vers la surface. De si près, il put voir ses yeux fermés et ses membres qui pendaient mollement. Il ne vit aucune trace de sang ; cependant il savait pertinemment que parfois, les blessures les plus graves n'étaient pas visibles.

Pour ce qui était des nouvelles positives, les débris cessèrent de tomber dans la piscine et tout finit par se calmer. Ils devenaient donc des cibles. Et ce dernier point n'était pas une très bonne nouvelle.

Jetant un regard méfiant vers la surface que les balles essayaient de crever, il donna un coup de pied et s'élança jusqu'à ce qu'il puisse atteindre et saisir Natasha, ses doigts s'enroulant autour de son bras mince et musclé. Il y a quelques mois, il l'avait crue quand elle lui avait dit que c'était grâce au yoga qu'elle était si musclée.

Maintenant, il n'était plus aussi dupe.

S'accrochant fermement à elle, Dean remonta à la surface, entraînant le visage de Natasha à l'air libre. Il regarda autour de lui, cherchant un mouvement, un signe de l'ennemi. Mais ils s'étaient déjà enfuis.

Du moins, c'était ce que lui disait son instinct.

Mais il ne se détendit pas pour autant, pas jusqu'à ce qu'il entende Natasha prendre une grande inspiration. Il continua de la tenir jusqu'à ce qu'il atteigne la partie la moins profonde de la piscine. Loin des flammes.

Sa cabane brûlait et il entendit le bruit des sirènes au loin. Quels fouineurs ces voisins ! Il devait bien avoir une centaine de mètres entre chaque maison, mais dès qu'il allumait le barbecue – avec un bidon d'essence à briquet et assez de charbon de bois pour rôtir une douzaine de steaks – les pompiers débarquaient sur sa propriété. Le félicitant d'avoir non pas un mais *deux* extincteurs à proximité, puis ils s'en allaient en s'excusant – et le ventre plein de steaks – pas vraiment désolés de l'avoir dérangé. À chaque fois, son voisin Frank se réveillait chez lui en découvrant qu'un animal avait pissé dans sa maison.

Il était peut-être temps d'avoir un nouveau voisin, car c'était assez contraignant que des humains représentants de l'autorité débarquent si tôt. Ils allaient poser des questions auxquelles il aurait du mal à répondre, car il était hors de question qu'il dise la vérité.

Sortant par les escaliers de la piscine, le corps inerte de Natasha dans les bras, il marcha directement vers la maison, avançant aussi rapidement que possible avec ses pieds mouillés sur le marbre et le parquet. Il n'avait pas beaucoup de temps devant lui, mais il réfléchit à une mise en scène avant que les premiers pompiers et policiers n'arrivent sur les lieux.

Le temps qu'ils arrivent en courant dans son jardin, piétinant les fleurs au passage, Dean arrosait les flammes avec un tuyau d'arrosage, un cigare dans la bouche, sa chemise trempée puant l'alcool, affichant un sourire de mec riche et partiellement ivre.

— Bonsoir, bonsoir chers officiers.

Il les salua avec la main qui tenait le tuyau d'arrosage. Les flics hurlèrent alors qu'il les mouillait – pas si accidentellement. Il retint son sourire en coin alors qu'ils bondissaient en arrière.

— Qu'est-ce qui se passe ici ? aboya une policière à la peau foncée et dont les cheveux bruns et bouclés étaient striés de mèches argentées.

Elle portait un uniforme bleu marine et avait la main sur la crosse de son arme. Le nom sur son badge était : *Beaumont*. Elle le regarda lui puis les flammes en fond.

— Je profite juste d'un verre en fin de soirée et d'un cigare.

Il fit un clin d'œil et agita le cigare et le tuyau en même temps. Cette fois-ci il n'arrosa personne. Alors qu'elle restait à côté de lui, l'équipe de pompiers aux bretelles jaunes passa en courant, tirant un tuyau épais qui le fit grimacer. Son pauvre jardin.

— On nous a signalé une explosion.

— Ah ben oui tu parles ! s'exclama Dean.

Il pointa l'eau du doigt, là où les pompiers luttaient contre les flammes désormais réduites.

— Ce feu de joie me coûte une fortune. Qui aurait cru que le vieux whiskey était si inflammable ?

— C'est vous qui avez démarré ce feu monsieur ?

Il sourit en mentant.

— Oui. Mais je n'ai pas fait exprès. Vous pouvez me rendre un service ?

Il baissa la voix et jeta un regard complice à l'officier Beaumont.

— Ne le dites pas à mon épouse.

— Trop tard, imbécile !

Natasha déboula hors de la maison, les cheveux enroulés dans une serviette et portant le peignoir de Dean qui d'habitude lui arrivait à hauteur des genoux, mais sur elle, il descendait jusqu'aux chevilles.

— Qu'est-ce que tu as encore fait ?

— Rien, dit-il en baissant la tête et en mettant

les mains derrière le dos, mettant à nouveau de l'eau partout.

— Monsieur ! s'exclama la flic.

— Oups.

Il haussa les épaules en lâchant le tuyau et en coupant le jet.

— Tu as encore fumé et bu ? cria Natasha en le pointant du doigt. Je croyais qu'on en avait déjà parlé. Tu es en cure de désintoxication !

— C'était juste un cigare.

Elle tapota du pied et haussa un sourcil.

— Et peut-être un ou deux verres de whisky.

— Ma mère avait raison. Je n'aurais jamais dû t'épouser ! s'énerva-t-elle.

— Mais, bébé, je t'aime.

— Si tu m'aimais, tu arrêterais de boire et fumer. Mais non, tu préfères t'éclipser pendant que je prends mon bain et voilà...– elle agita la main – voilà ce qui arrive. J'en ai assez.

Elle retourna dans la maison, le laissant avec une flic qui souriait.

— J'imagine que vous ne pouvez pas entrer et lui dire que c'est un incendie criminel ? demanda-t-il avec espoir.

La femme ricana.

— Vous me demandez de mentir, là ?

— Je suppose que c'est non alors.

Il fit de son mieux pour avoir l'air dépité, mais en réalité, ça s'était encore mieux passé que prévu. Le décor était planté. Cette vérité fabriquée était plus crédible que la réalité. La flic ne se demanda même pas comment une simple bouteille de whisky avait pu provoquer une telle explosion. Elle n'avait pas non plus demandé pourquoi son épouse prenait un bain si tard le soir ni comment il avait pu mettre la main sur ce whisky qu'il n'était pas censé boire.

Ils mirent plus de temps qu'il n'aurait voulu à éteindre le feu et à quitter sa propriété, mais une fois qu'ils le firent... Dean se retrouva seul avec sa femme, en peignoir, dans le salon, sans arme mais avec un chandelier.

Meurtre ou séduction... les deux étaient possibles.

CHAPITRE CINQ

Natasha fit semblant de sourire et de réprimander son mari pendant que les pompiers éteignaient le feu et que la policière écrivait un rapport.

Ils mirent une éternité à partir.

Une éternité avant qu'elle ne puisse se retourner et jeter un regard noir à l'homme qui s'avérait être son mari.

Quelqu'un qui avait failli mourir. Heureusement que ça n'avait pas été le cas puisqu'il avait pu lui sauver la vie.

Comment avait-elle pu passer de l'envie de le tuer à celle d'empêcher un sniper de lui tirer dessus ? Ç'aurait été beaucoup plus simple de laisser quelqu'un d'autre s'occuper de son problème. Désormais, elle était obligée de se le coltiner, lui et son attitude joviale et agaçante.

— Je ne sais pas toi, mais j'aurais bien besoin d'une tenue de rechange et d'un verre. À vrai dire, je crois même qu'une douche chaude s'impose. Tu veux te joindre à moi ?

Il eut un sourire de chat de gouttière.

— Non, je ne veux pas me joindre à toi. Je veux des réponses.

— Sur quoi ? Le mystère de la vie ? Je crois que Douglas Adams y a déjà répondu dans *Le Guide du voyageur galactique*[1].

Elle ne put s'empêcher de cligner des yeux d'un air effaré devant cette réponse absurde. Comme elle ne répondait pas, il continua.

— C'est quarante-deux, d'ailleurs.

— Comment est-ce qu'un numéro peut-il expliquer le mystère de la vie ?

Il haussa les épaules.

— Il faut demander à l'ordinateur qui l'a calculé. Mais j'imagine que c'est exact, puisqu'il lui a fallu plusieurs millions d'années pour le trouver.

— Un ordinateur fictif issu d'une histoire fictive ?

— Tu sais ce qu'on dit, toutes les histoires,

même les plus invraisemblables ont un fond de vérité en elle.

— Tu sais les histoires qu'on raconte sur la mafia russe en disant qu'elle est particulièrement cruelle ? dit-elle en haussant les sourcils. Eh bien, elles sont toutes vraies, et encore, elles sont plus modérées que la réalité.

— J'imagine que c'est une bonne chose que je sois marié à la mafia, alors, rétorqua-t-il avec un clin d'œil.

— Nous ne sommes pas mariés, déclara-t-elle comme si cela faisait toute la différence.

— Et pourtant nous étions l'image parfaite du couple qui se chamaille pour cette flic. Je dois dire que le moment où tu as dit que j'allais dormir sur le canapé était parfait.

Il embrassa le bout de ses doigts pour la féliciter et un frisson la traversa.

Elle n'avait pas oublié la sensation de ces lèvres sur sa peau.

— Tu as froid. On ferait mieux de rentrer et prendre cette douche chaude dont je parlais. Après toi, dit-il en faisant une révérence.

— Je ne veux pas prendre de douche.

— Tu dis ça maintenant, mais si je te promets de te gratter le dos ?

— Si tu me touches, je te noie.

— Tu es bien grognon ce soir. On dit que notre humeur est toujours étroitement liée à notre énergie sexuelle. Simon ne te satisfait-il pas ? demanda-t-il en entrant dans la maison.

— Ma vie sexuelle ne te regarde pas.

— Au contraire, chère épouse, ça m'intéresse beaucoup.

Il s'arrêta juste avant d'entrer dans la chambre et elle se demanda comment la flic avait pu ne pas remarquer la porte cassée. Mais Neville avait fait du bon travail en poussant les débris pour les cacher et en baissant les stores.

— Est-ce tu te sentirais mieux si je te disais que j'ai régulièrement des orgasmes ?

— La masturbation, même si c'est très sain, ne remplace pas un orgasme chair contre chair. Tu veux que je te montre la différence ?

Il eut un sourire diabolique en lui proposant et le pire, c'est qu'elle était tentée.

— Tu veux bien arrêter de dire des conneries une seconde ? souffla-t-elle. Au lieu de t'inquiéter sur ma vie sexuelle, on ferait mieux de comprendre pourquoi quelqu'un a essayé de te tuer.

Et elle chercherait à comprendre pourquoi elle en avait quelque chose à faire, plus tard.

Il lui jeta un coup d'œil par-dessus son épaule en traversant le solarium.

— Pourquoi es-tu si sûre qu'ils en avaient après moi ?

— Personne ne savait que je venais ici.

— Peut-être qu'on t'a suivie.

— Tu dis des bêtises. Personne n'oserait s'en prendre à moi.

Avec sa famille, la mort paraissait être un acte charitable comparé à ce dont ils étaient capables. Son papa n'était pas du genre à pardonner, notamment à ceux qui faisaient du mal à sa fille.

— Je pourrais dire la même chose. Pourquoi en avoir après moi ? Cela déclencherait un sacré merdier si l'on me tuait.

— Ça va, t'es pas trop prétentieux ?

— Toujours. Mais cela dit, c'est vrai que je dois avoir pas mal d'ennemis. Et je parie que toi aussi.

— On m'a appris à ne jamais laisser la vie sauve à quelqu'un qui pourrait me faire du mal, dit-elle d'un ton insolent.

— Tout le monde peut potentiellement faire du mal, alors comment choisis-tu ces personnes ? demanda-t-il.

— Tu es vraiment en train de parler théologie avec moi là ?

— Pourquoi pas ? Avant, je croyais te connaître. Mais apparemment, je ne posais pas les bonnes questions, déclara-t-il, en enlevant sa chemise trempée qui puait l'alcool, la faisant passer par-dessus ses épaules larges.

— Tu veux savoir quel genre de personne je suis ? dit-elle d'un ton mielleux. Très bien. Je suis du genre à n'avoir aucune pitié si tu me fais du mal.

— C'est à peu près le cas de tout le monde.

— Je peux aussi être sans pitié si je ne t'aime pas.

— C'est assez large. Je veux dire, et si c'est une simple action qui fait que quelqu'un se retrouve dans ta ligne de mire ? Par exemple, quelqu'un te coupe la route et provoque presque un accident.

Il jeta la chemise sale sur une pile, bien cachée dans sa chambre.

— Je me fiche que ce soit des inconnus. Si on me fait du tort, je relève le numéro de plaque et viens leur rendre visite plus tard pour crever leurs pneus.

Il lui arrivait aussi de frapper leur pare-brise avec une batte. Les gens qui ne savaient pas conduire ne méritaient pas d'avoir de voiture.

— Je ne savais pas que tu pouvais t'énerver au volant.

— Parce que je t'ai toujours laissé conduire.

À cette époque, il aurait été choqué des insultes qu'elle aurait pu cracher en étant derrière le volant.

— Y a-t-il autre chose que je devrais savoir sur toi qui n'est pas référencé ?

— Et si je te disais que je peux te poignarder avec une fourchette si tu touches à mon cheese-cake ?

— Sérieux ? s'exclama-t-il en haussant les sourcils.

Quelle canaille.

— Tu me donnes envie d'en manger, ajouta-t-il.

— On peut arrêter ce bavardage inutile ? Il faut qu'on discute de cette bombe et de ces assassins.

— C'est toi qui t'es égarée.

Elle n'aurait pas pu dire si c'était vrai ou non, car, honnêtement, elle n'arrêtait pas de se laisser distraire par son torse nu. La chair douce dévoilait cette belle musculature dont elle se souvenait. Sans parler de sa taille qui s'affinait au niveau des hanches et de ces fesses fermes mises en valeur par son short de bain moulant.

— Sais-tu qui veut te tuer ?

— Et toi, sais-tu qui veut *te* tuer ? rétorqua-t-il.

— Toi, pour commencer.

— Tu te trompes, ma chère épouse. Si j'avais eu envie d'être veuf, je me serais déjà débarrassé de toi.

— Je ne suis pas si facile à tuer que ça.

—Seulement parce que je n'ai pas encore essayé, se vanta-t-il.

— Tu pourrais vraiment me buter ? demanda-t-elle en battant des cils.

Son sourire était mortel et terriblement beau à la fois alors qu'il répondait :

— Je suis comme toi, si on me fait du tort une fois, honte à moi. Je ne laisse pas de seconde chance.

— Je t'ai fait du tort.

Elle n'allait même pas prétendre qu'elle ne l'avait pas fait.

— C'est vrai. Et pourtant je t'ai laissée en vie, bébé. Tu t'es demandé pourquoi ?

— Non.

Parce que Natasha n'avait jamais envisagé qu'il puisse lui faire du mal. Pas l'homme qu'elle avait connu en tout cas. Même brièvement. Et avec hypocrisie. Même maintenant, elle ne le pensait pas capable de le faire.

— Tu ne me tueras pas.

— Je crois que c'est l'une des choses les plus sincères qui soit jamais sortie de ta bouche.

— Tu comptes encore pleurnicher sur le fait que je t'ai bien eu ?

— Oh oui, ça, c'est sûr que tu m'as bien eu. Tu me tenais par les couilles et la queue. Et j'ai plutôt apprécié d'ailleurs. Tiens-moi au courant si jamais tu veux revivre ces instants, dit-il avec un clin d'œil.

Elle avait envie de – d'accepter son offre. Mais elle ne le ferait pas. Elle avait un devoir à accomplir.

— Revenons-en aux assaillants.

— Ah, on change de sujet ? Ça devient inconfortable ?

Elle préféra ne pas répondre.

— Pendant que tu ligotais ta cible, as-tu obtenu des indices concernant son identité ? Sais-tu pour qui elle travaille ?

— Je n'ai pas eu le temps de poser des questions, parce que dès l'instant où je l'ai saucissonnée comme une dinde, je suis parti te chercher. Juste à temps pour sauver tes jolies fesses rebondies.

Il les trouvait jolies et rebondies ? Elle n'allait pas se laisser distraire par un compliment aussi ridicule. Elle passerait pour une nunuche.

— Je n'avais pas besoin de ton aide. Je peux me débrouiller toute seule. Tu aurais dû faire un meilleur travail avec ton prisonnier. À cause de tes nœuds bâclés, on a perdu ton pote.

— C'était une fille en réalité. C'est toi la sexiste en fait, la nargua-t-il.

Elle lui jeta un regard noir.

— *Pote* c'est unisexe.

— Ta façon de le dire ne l'était pas.

Il avait raison mais elle refusait de l'admettre.

— Bon, revenons-en à la fille que tu n'as pas bien attachée...

— Je l'ai très bien attachée et tu es bien placée pour le savoir. Je suis plutôt doué quand il s'agit de faire des nœuds.

— Et moi donc. Et quand je ligote un gars, il ne s'échappe pas tant que je n'en ai pas fini avec lui, dit-elle d'une manière volontairement coquine et elle fut récompensé par ses narines qui se dilatèrent.

Il lui tourna le dos en disant d'un air pincé :

— Je ne savais pas que tu aimais ce genre de choses, bébé. J'aurais peut-être dû te donner la fessée après le mariage pour te punir d'avoir été une vilaine fille.

— Si tu poses la main sur mes fesses, je la brise.

— C'est tentant, dit-il d'une voix traînante en se tournant vers le buffet, un verre à la main.

Il le lui tendit.

— Tu veux un verre de Scotch ? Je crains de ne plus avoir de vodka.

— Je n'ai pas besoin d'une boisson. Je veux en savoir plus sur la femme qui s'est enfuie. Tu peux la décrire ?

Il but d'abord son verre.

— Elle était plus petite que toi. Plus épaisse. Plus large.

— De quelle couleur étaient ses cheveux ?

— Aucune idée.

— Ses yeux ? Sa peau ?

Il haussa les épaules.

— Elle portait une capuche. Je n'ai pu jeter qu'un coup d'œil rapide avant de partir te chercher.

— Argh.

Natasha se mit à faire les cent pas.

— Ça ne nous aide pas du tout.

— Tu comptes la traquer ? Je suis surpris que tu en aies quelque chose à faire. Ne m'as-tu pas dit tout à l'heure qu'être veuve résoudrait tous tes problèmes ?

Si effectivement, mais s'il mourait, cela devait être par sa main et selon ses conditions.

— Si quelqu'un essaie de te tuer, j'aimerais savoir pourquoi.

— Oh, bébé, je savais que je comptais pour toi, dit-il en rayonnant avant de la saluer avec son verre.

Elle prit un air renfrogné, notamment parce qu'elle savait qu'il la narguait.

— Je n'en ai rien à faire de toi. J'ai surtout envie de m'assurer que cette attaque n'est pas en lien avec moi ou ma famille.

— Aïe. Tu es dure, bébé.

— Tu veux bien arrêter avec ça ? Je ne suis pas ton bébé.

— Mais tu es mon épouse jusqu'à ce que je signe ces documents. Qui ont disparu, d'ailleurs. Ils n'ont pas survécu à notre petit plongeon.

— Où sont mes vêtements ?

Elle s'était réveillée nue et sous les couvertures, dans son lit et ses vêtements trempés avaient été introuvables. Ça n'avait pas été difficile de trouver un tee-shirt trop large et un peignoir avant de descendre les escaliers pour faire semblant d'être sa femme.

Sauf qu'elle n'avait pas eu beaucoup besoin de

faire semblant. Ils étaient réellement mariés. Elle avait encore du mal à s'y faire.

— J'ai jeté tes affaires dans la chute à linge. Je n'ai pas eu le temps de les mettre à la machine avant que les flics n'arrivent.

— Tu te rends bien compte que les flics t'ont désormais catalogué comme un mec riche et alcoolique ?

— Oui.

— Belle couverture, ajouta-t-elle à contrecœur et non sans admiration.

Il s'était caché à la vue de tous et avait masqué ses actes en soirée de débauche.

— Ton personnage social n'est pas mal non plus.

— Il est parfait tu veux dire ! Je suis exactement ce dont j'ai l'air. Une gosse de riche pourrie gâtée avec un papa gâteau.

Il étira faiblement les lèvres.

— Et qui tue les gens qui font du tort à sa famille.

Elle haussa les épaules.

— C'est comme ça que j'ai été élevée.

Son papa lui avait inculqué un vrai sens de la famille, peut-être même un peu trop après la mort de sa mère. Certains diraient que son père était un vrai salaud. Avec les autres peut-être. Mais il adorait sa fille chérie.

— J'ai besoin de vêtements, dit-elle en baissant les yeux vers son peignoir bleu foncé.

— Ne me dis pas que tu n'as pas pris de tenue de rechange, ricana-t-il.

Sous-entendant qu'elle aurait dû y réfléchir avant. Mais pour sa défense, elle n'avait pas prévu de faire un plouf.

— J'ai préféré ne pas être trop chargée.

— Heureusement pour toi, j'ai des trucs qui pourraient t'aller.

Une pièce entière pour être exacte. Des vêtements de femme de tous les styles et toutes les tailles.

Elle ne put s'empêcher de dire d'un ton sec :

— Ça va, tu t'amuses bien ?

— Oui, grogna-t-il. Les foutues connasses du clan croient pouvoir débarquer ici quand elles veulent.

Elle se hérissa.

— Eh ben, vu ton attitude je suis surprise qu'elles ne t'aient pas déjà tranché la gorge.

— Pourquoi feraient-elles ça alors qu'elles m'adorent ? dit-il d'un air désespéré. Apparemment, elles ne comprennent pas que « *non* », c'est

« *non* » et croient que je me fais désirer. Alors elles continuent de venir. Elles m'apportent à manger. Laissent leurs affaires. Parfois, elles essaient de ramper dans mon lit quand je dors.

Elle se raidit, incapable d'arrêter ce flot de jalousie qui l'envahissait.

— Je suis sûre que tu hais toute cette attention.

— J'aime dormir seul. Et, en tant que chef cuistot, je ne peux pas cautionner la consommation de ces desserts à la gélatine et à la crème fouettée qu'elles n'arrêtent pas d'amener. Si elles voulaient vraiment me toucher en plein cœur, elles feraient mieux d'essayer de cuisiner des pâtes fraîches avec une sauce faite maison ou un rôti et tous ses accompagnements, dit-il d'un ton triste.

Elle lui annonça tout de suite la couleur.

— Je ne cuisine pas.

— Heureusement que moi oui. Est-ce que ça veut dire que c'est toi qui t'occupes des courses du coup ?

Elle resta bouche bée.

— Non !

— Et le ménage ? Est-ce qu'on ferait mieux d'embaucher une femme de ménage ou tu préfères qu'on établisse une liste de corvées ? Tu peux t'occuper des ordures, de l'aspirateur et de la serpillère et moi je m'occupe de la vaisselle et des toilettes.

— Mais à quoi tu joues ?

— Je m'assure juste que le divorce soit le bon choix. Je veux dire, et si l'on se précipite alors qu'on va parfaitement bien ensemble ? dit-il avec un sourire.

— Nous allons divorcer, rétorqua-t-elle d'un air renfrogné.

— Peut-être.

Elle faillit se jeter sur lui. Il ne sourirait pas d'un air si arrogant quand elle lui aurait asséné plusieurs coups de poing dans la bouche. Elle détestait perdre. Il suffisait de demander à son cousin Ivan qui n'osait plus la regarder dans les yeux depuis qu'il s'était vanté d'avoir atteint le meilleur niveau du jeu vidéo auquel ils jouaient tous les deux. Il ne jouait également plus à aucun jeu vidéo depuis.

Après avoir enfilé divers vêtements, elle prit conscience de l'heure qu'il était. Ce n'était pas encore le matin, mais il était très tard.

Elle allait peut-être retourner dans son logement temporaire, rattraper quelques heures de sommeil, trouver une autre copie des papiers du divorce et... Attendez. Cela voulait dire que

Neville Horatio Fitzpatrick allait se retrouver seul. Tout seul. Avec deux assassins potentiels en liberté, peut-être même plus – ainsi que des femmes qui pensaient pouvoir débarquer comme ça pour séduire son mari.

Elle l'observa.

— Il va falloir que tu viennes avec moi.

— Tu vas quelque part ?

— Oui et vu que j'ai besoin de ta signature, tu viens aussi.

— Je suis fatigué. Le seul endroit où je vais me rendre, c'est dans mon lit.

Il s'éloigna d'elle et traversa le couloir. Elle le sut, car elle décida de le suivre.

— Tu ne comptes pas sérieusement rester ici.

— Pourquoi ?

— Premièrement, ta baie vitrée est brisée.

— C'est vrai que cette bouteille de whisky qui a explosé a fait de sacrés dégâts.

C'était l'explication qu'il avait donnée à l'officier de police.

— Tu n'es pas en sécurité ici.

— Ça, c'est toi qui le dis. Moi je m'y sens très bien.

Il se laissa retomber sur son lit, et elle remarqua

que celui-ci avait un matelas d'eau qui vacilla lorsqu'il se posa dessus.

Ayant non seulement trouvé un couteau mais aussi une arme à feu en parcourant les vêtements, elle n'eut aucun scrupule à tirer une balle dans son matelas.

Splash !

Elle s'écarta assez pour ne pas être touchée par l'inondation. Allongé dans le cadre détrempé, il poussa un gros soupir.

— Tu as gagné. Vas-y, emmène-moi dans ton boudoir puisque tu insistes.

— C'est la maison d'un ami.

— Encore plus sordide. Allons-nous partager le canapé ? Parce que si c'est le cas, je préfère encore qu'on loue une chambre.

— Depuis quand t'es une princesse comme ça ?

— À ta place, je ne la ramènerais pas trop. D'après les rumeurs tu as des goûts de luxes et tu piques une crise quand tes désirs ne sont pas satisfaits.

Elle haussa les épaules d'un air évasif.

— Tu n'es pas le seul à pouvoir jouer les dilettantes.

Réalisait-il tout ce qu'il était en train de révéler en avouant qu'il l'avait espionnée en ligne ? Que savait-il sur elle exactement ? S'il avait des sources aussi bonnes que les siennes, alors il pouvait en savoir beaucoup.

À moins qu'il ne se joue d'elle, car quelqu'un qui connaissait vraiment sa réputation n'était pas aussi blasé.

— En parlant de ça.

Il brandit soudain un téléphone et prit une photo d'elle.

— Qu'est-ce que tu fais ? couina-t-elle, consciente du fait qu'elle portait une serviette sur la tête. Efface ça tout de suite.

— Trop tard. Je l'ai déjà postée.

— Sur quoi ? Imbécile ! Tu as intérêt à la supprimer avant que quelqu'un ne la voie.

— Est-ce vraiment important ? demanda-t-il.

— Je suis censée être en Europe, en chemin vers l'Italie pour mon enterrement de vie de jeune fille.

Son visage s'éclaira.

— Oh, oui ! Tu sais ce que ça veut dire, moi aussi j'ai le droit de faire un enterrement de vie de garçon alors. Avec des strip-teaseuses.

Ses doigts tressaillirent et elle fut tentée de lui jeter quelque chose à la figure.

— Ce n'est pas toi qui te maries.

— Parce que je le suis déjà. Donc si tu as le droit de faire la fête après coup, moi aussi. À moins que tu ne veuilles être moderne et qu'on le fête ensemble.

— Nous allons divorcer, siffla-t-elle alors qu'il continuait de faire comme s'ils devaient sauver leur mariage.

— Ça, c'est toi qui le dis. Ce n'est pas encore le cas et pour l'instant, je vais profiter de tout ce que je peux obtenir avec cet arrangement. Ce qui veut dire, un enterrement de vie de garçon avec mes potes les plus proches, je vais me saouler, écouter les histoires horribles sur les chaînes du mariage et mettre des billets dans des strings.

— Ça paraît sexiste et très dégradant pour les femmes.

— Ah oui, et toi, qu'est-ce que tu as prévu pour ton enterrement de jeune fille, mademoiselle j'aime me saouler et poster des selfies où on dirait que je me suis fait cogner la bouche tellement je fais la moue ? Je parie que ce sera très similaire au mien.

Elle détestait savoir qu'il avait raison.

— C'est un simulacre pour mon personnage public.

— Parce qu'il ne faudrait pas que le monde

sache que tu es en réalité une femme intelligente et accomplie.

Danger... Ses mots étaient séduisants et s'enroulaient autour d'elle, la réchauffant. Elle lutta contre son charme.

— Je n'ai pas besoin de la validation des autres pour connaître ma valeur.

— Et quelle est ta valeur, bébé ?

— Comme si on pouvait me donner un prix. Je suis inestimable, dit-elle en levant le menton.

— Exactement. Et pourtant, tu t'attends à ce que je m'en aille. Et si je n'en ai pas envie ?

Il n'arrêtait pas d'insister pour sauver leur mariage et elle n'allait pas mentir en disant qu'elle n'était pas tentée. Sauf qu'elle savait une chose : il ne survivrait pas une semaine. Sa famille ne l'autoriserait jamais.

— Il ne s'agit pas de ce que tu veux ou non.

C'était la réponse la plus vraie qu'elle puisse lui donner. Et d'un côté, il ne s'agissait pas de ce qu'elle voulait non plus.

— Maintenant, si tu as fini de me faire perdre mon temps, est-ce qu'on peut partir d'ici ?

— Qu'est-ce qui ne va pas, bébé ? T'as du mal à me voir mouillé ?

Il lui fit un clin d'œil en se levant de cette

flaque superficielle qu'était son lit, la peau humide, tentante, qu'elle avait envie de lécher.

Dure...

Son regard s'égara et il émit un léger grondement en passant à côté d'elle avant de se rendre vers l'armoire. Enlevant son short, il lui donna un aperçu de ses fesses fermes avant de disparaître dans le dressing.

— Donne-moi une seconde pour m'habiller et faire mon sac.

Elle l'attendit, impatiemment, jusqu'à ce qu'il sorte avec une sacoche, portant un pantalon de jogging taille basse, des mocassins et rien d'autre.

— Où est ton haut ? demanda-t-elle.

— Dans mon sac.

— Tu ne ferais pas mieux de le porter ?

Il valait mieux qu'il se couvre pour qu'elle arrête de le fixer.

— Vu à quel point tu as hâte de m'emmener dans ton lieu de perdition, j'imagine que je ne la porterai pas très longtemps. Ça ne sert à rien de gâcher une belle chemise.

— J'ai surtout envie de partir pour qu'on puisse aller dormir dans le logement où l'on m'accueille.

— Évidemment, tu as simplement envie de

dormir, dit-il en imitant des guillemets avec ses doigts, sous-entendant que c'était tout l'inverse.

— Effectivement. Dans des lits séparés.

— Ah tant mieux. Parce que tu voles toujours la couverture.

— C'est faux ! souffla-t-elle.

— Dit la fille qui s'emmitouflait dedans toutes les nuits, me laissant mourir de froid.

— Ben voilà un motif de divorce, déclara-t-elle.

— Ça me paraît un peu radical. Pourquoi ne pas simplement augmenter le chauffage pour que je n'ai pas froid ? Ou alors je pourrais me blottir contre toi pour me réchauffer, suggéra-t-il en haussant les sourcils.

— Arrête ça ! s'énerva-t-elle en marchant vers la porte d'entrée.

— Arrêter quoi ? demanda-t-il avec l'innocence d'un gamin surpris en train de voler des bonbons.

— Je sais ce que tu fais et ça ne marchera pas.

— Tu es sûre de ça ? ronronna-t-il rapidement près de son oreille.

Ses mots vibrèrent sur son lobe avant qu'il n'ouvre une porte menant à un garage attenant. Il lui lança un regard.

— On prend la Benz ?

— Seulement si je conduis.

Il fouilla sur le côté de la porte ouverte et revint avec des clés.

— Attrape.

Ses doigts s'enroulèrent autour du porte-clés en plastique. Il allait bientôt regretter son choix. Alors qu'ils quittaient sa maison, elle éclata de rire en prenant les virages aussi rapidement que le pouvait la voiture.

À sa grande surprise, au lieu d'avoir l'air pâle, elle vit que ce crétin souriait, l'image même de la détente.

Cesserait-il un jour de la surprendre ?

Elle ne put s'empêcher de le comparer à son fiancé actuel. Un type faible, plutôt beau, du genre blond, parfaitement coiffé et jeune cadre dynamique. C'était un mariage de convenance et de pouvoir, l'union de deux familles puissantes.

C'était un moyen pour elle de ne plus être sous la coupe de sa famille.

Si jamais Simon n'était pas sage... eh bien les accidents ça arrive ! Son papa et sa grand-mère savaient qu'elle ne tolèrerait pas qu'on lui manque de respect. Même si elle ne se faisait pas de souci concernant Simon. Honnêtement, il n'était pas si horrible que ça. Il était ennuyeux, certes, plus fade que des flocons d'avoine, mais il était gentil avec elle, courtois, lui envoyant des cartes et des fleurs aux moments les plus inattendus. Des gestes romantiques et surprenants étant donné qu'il ne l'avait encore même pas embrassée. Mais ils n'étaient pas souvent seuls. Les seules occasions qu'ils avaient été avec la presse. C'était sa babouchka qui lui avait appris à focaliser l'attention des médias sur une chose pour détourner l'attention du reste.

Le trajet ne fut pas désagréable, au bout de vingt minutes, elle se gara dans une grande allée circulaire qui donnait sur la façade d'une maison à trois étages.

Son mari temporaire fixa les lieux du regard et dit :

— Je ne peux pas rester ici. Trouvons un hôtel à la place.

— Et mettre mon oncle Vinny en colère ? ricana-t-elle. Certainement pas. Allons-y.

Elle sortit de la voiture et il la suivit lentement, pour finalement se figer devant la porte qui s'ouvrit lorsqu'elle plaça sa main sur l'écran qui s'illumina en scannant son empreinte digitale.

— Crois-moi quand je te dis que je ne peux pas rester ici, répéta-t-il.

— Tu as peur de mon oncle ? Je te jure qu'il

n'est pas aussi horrible que ce qu'on dit.

Ce qui, en fonction de la personne qui racontait les histoires, pouvait être très affreux.

— Je n'ai pas peur de Vinny. Mais de sa fi...
— Dean !

Le cri retentit en haut des escaliers, aigu et excité. Puis, sa cousine Isabella dévala les escaliers, ses pieds touchant à peine le sol, vêtue d'un short moulant et d'un minuscule débardeur et rien en dessous.

Pas besoin de voir la tête que faisait Neville pour comprendre qu'il connaissait sa cousine. Très bien même.

Isabella arriva en bas des escaliers et se jeta dans ses bras et il n'eut même pas la courtoisie de trébucher quand elle le heurta. Il ne la reposa pas non plus par terre, ce qui était sûrement dû au fait qu'elle avait enroulé ses bras et ses jambes autour de ses fesses.

— Dean ! couina-t-elle à nouveau. Ça fait tellement longtemps que je ne t'ai pas vu.

— Salut, Isa, moi aussi ça me fait plaisir de te voir, répondit Neville à la fille aux cheveux bouclés et noirs et aux jolis traits qui se tortillait contre lui.

— Pourquoi es-tu là ? Tu aurais dû m'appeler. Je ne ressemble à rien là, dit Isabella.

Ayant déjà vu Isabella tout apprêtée, Natasha pouvait affirmer qu'elle était incroyablement belle dans les deux cas.

— Drôle de coïncidence, il se trouve que j'habite dans la ville d'à côté. J'ai une maison au-dessus de la falaise.

— Sympa. Pourquoi tu ne m'as pas dit que tu avais emménagé dans le coin ? demanda-t-elle en lui tapant le bras d'un air espiègle.

Natasha mit les mains derrière le dos pour ne pas assommer sa cousine.

— Je ne savais pas s'il fallait que je le fasse. Comme tu l'as dit, ça fait longtemps.

Neville reposa Isabella par terre, même si ça ne l'empêcha pas de lui adresser un sourire radieux et de lui donner un coup de hanche, attirant l'attention sur son short en satin et son débardeur fin qui moulait ses seins. Mon Dieu, mais qu'on lui donne un sweat ! Et à en juger par ses tétons tendus, elle avait froid.

— Alors, comment ça se fait que tu sois là ? C'est Tasha qui t'a amené ? demanda Isabella en utilisant le surnom que lui donnait sa famille.

— Eh bien oui. J'ai eu un problème chez moi et elle m'a gentiment proposé de venir dormir chez elle.

— C'est vrai ?

Isabella resta bouche bée en la dévisageant et Natasha put voir tous les scénarios qu'imaginait sa cousine dans sa tête.

— C'est juste pour une nuit, grommela-t-elle.

— Ou plus s'il a besoin, proposa immédiatement Isabella. Qu'est-ce qui s'est passé ?

— Des assassins sont venus.

Il haussa les épaules d'un air désinvolte, comme si c'était une chose courante. Cela ne fit qu'accroître l'intérêt d'Isabella qui écarquilla les yeux.

— Comme c'est dangereux, roucoula-t-elle. Tu penses qu'ils vont te suivre jusqu'ici ?

— C'est possible.

Avant même qu'Isabella ne parte réveiller son oncle, Natasha intervint.

— Il exagère. Ce n'est pas si grave que ça. Son cabanon de piscine a pris feu et sa maison sent la fumée.

— Il y a aussi un impact de balle dans mon matelas d'eau, confia-t-il. Apparemment, ma femme n'a pas approuvé le mobilier.

— Ta femme ? Qui ça ? couina Isabella.

Il n'avait pas intérêt. Il n'allait quand même pas...

Il sourit et répondit :

— Ta cousine.

Natasha eut envie de le tuer. Sa famille n'était pas au courant de son secret honteux. Elle avait espéré régler ça discrètement et n'en avait parlé qu'à son oncle, car il connaissait le meilleur avocat pour ce genre de situation.

— Tu es marié ? s'écria Isabella. Avec elle ?

Elle n'aurait pas pu paraître plus horrifiée. Isabella écarquilla les yeux.

— Oui, même si nous avons eu un début de relation difficile. Un malentendu on va dire. Mais maintenant que nous sommes à nouveau ensemble, j'espère que nous allons nous réconcilier.

— Jamais, souffla Natasha.

— Je jure que je ne le savais pas, dit Isabella en levant les mains en l'air et s'éloignant de lui.

— Pas besoin de t'excuser. On va divorcer, s'agaça Natasha. Ce mariage était un accident.

— Peut-être, et pourtant, il compte toujours, railla-t-il.

— Ne la mets pas en colère ! s'exclama Isabella qui avait beaucoup de respect pour sa cousine Natasha qui lui avait un jour rasé la tête pour avoir osé l'insulter.

— Pourquoi ? Elle a de très beaux yeux quand

elle s'énerve, dit Neville en l'esquivant alors que Natasha s'élançait vers lui.

— J'aurais dû te tirer dessus ! hurla-t-elle. Ce n'est pas trop tard.

Elle sortit une arme, mais avant qu'elle ne puisse tirer, il frappa sa main et la fit tomber. L'arme heurta le sol avec un bruit sec.

— Je crois qu'il vaut mieux que je m'en aille.

Isabella battit en retraite comme s'ils avaient la peste.

— Non, reste là, grogna Natasha. Comment connais-tu Neville ? demanda-t-elle avant de claquer des doigts en voyant qu'Isabella ne répondait pas tout de suite.

— Qui est Neville ?

— Dean. Son vrai nom est Neville. Comment le connais-tu ?

— C'était il y a longtemps. Il y a des années. À la fac.

— Nous étions tous les deux étudiants. On s'est rencontrés à une fête, ajouta-t-il. On était tellement bourrés cette première nuit.

Isabella lui jeta un regard noir avant d'agiter les mains.

— C'était il y a longtemps. Ça ne voulait rien dire.

— Explique « Ça ne voulait rien dire », dit Natasha d'un ton plat.

En attendant, la jalousie faisait rage en elle.

Sa cousine prit une teinte gris ciment.

— On a eu quelques rencards.

— Quelques rencards ? ronronna Neville. On a fait bien plus que de se tenir la main au cinéma. Tu m'as ramené chez toi pour que je rencontre ton père à Noël.

— Vous étiez en couple ?

La jalousie fit plus que bouillonner en elle, car Natasha finit par enfoncer ses ongles dans sa paume de main. Heureusement qu'il avait jeté l'arme plus loin, sinon elle aurait pu tirer sur sa cousine.

— On est restés ensemble pendant quoi ? Six, sept mois ? déclara-t-il. Finalement on n'était pas faits l'un pour l'autre.

— Pas du tout, ajouta Isabella en étant sur la pointe des pieds. Et c'est arrivé il y a des années.

— Tu avais l'air terriblement heureuse de le voir, remarqua Natasha d'un ton froid.

Isabella déglutit avec difficulté et couina :

— Je crois qu'il vaut mieux que je m'en aille maintenant.

— Oui, effectivement. Cours, *Isa*.

Natasha ne fit que prononcer son surnom et pourtant, sa cousine s'enfuit en remontant les escaliers comme si une meute de hyènes lui courait après.

Neville la réprimanda.

— T'étais obligée de lui faire peur comme ça ?

Elle plissa les yeux dans sa direction. Pourquoi essayait-il de la protéger ? Avait-il toujours des sentiments pour Isa ?

— C'est pas de ma faute si elle est peureuse. Je n'aurais rien eu à dire si tu avais fermé ta bouche.

— Ce n'est pas moi qui ai honte de notre mariage.

— Pour la dernière fois, c'était censé être un faux mariage, grogna-t-elle en s'en allant, décidant de se rendre à la cuisine.

Il la suivit.

— Mais pourquoi toute cette mascarade compliquée alors ? C'est ça que je ne comprends pas. M'utiliser pour te rapprocher de Lawrence, ça, je comprends. Mais tu n'avais pas besoin de faire comme si nous allions nous marier. Tu as acheté une robe. Et tu as attendu la fin de la cérémonie pour agir.

Elle n'allait pas avouer qu'à l'origine, ça ne faisait pas partie du plan. Sauf que lorsque la cérémonie avait débuté, Dean l'avait regardée d'un air si aimant qu'elle n'avait pas pu s'empêcher d'aller au bout du fantasme avant d'y mettre fin.

— Je ne savais pas ce qui convaincrait ton ami Lawrence de sortir de sa cachette. J'ai envisagé de te kidnapper et de te garder en otage pour effectuer un échange. Mais ça aurait pu poser problème avec le Clan. Le roi lion t'apprécie beaucoup.

— On se connaît depuis longtemps, expliqua-t-il.

Leurs mères avaient l'habitude de se retrouver plusieurs fois par mois dans un parc protégé où leurs garçons turbulents pouvaient courir et faire des culbutes.

— C'est pourquoi il ne me restait plus que le mariage. Après tout, quel genre de meilleur ami ne vient pas à un mariage ?

— Tu aurais vraiment été capable de le tuer pour avoir plaqué ta cousine ?

— Une fois, j'ai tué un type parce qu'il avait pris le dernier beignet à la cerise alors que j'avais un petit creux.

Et ça avait valu chaque bouchée sucrée et gélatineuse qui avait suivi.

— Alors j'imagine que je devrais être honoré que tu ne m'aies pas tué.

— Tu devrais l'être, oui.

— Parce que ça veut dire que tu m'aimes bien.

— C'est faux. Tu ne m'as pas entendue tout à l'heure quand j'ai dit que je ne voulais pas déclarer la guerre à ton roi ?

— Arrête. Comme si tu laisserais la moindre trace t'impliquant toi ou ta famille.

— C'est vrai que je rejetterais probablement la faute sur quelqu'un d'autre, avoua-t-elle.

Comme ces foutus ours russes qui pensaient pouvoir s'immiscer dans leurs affaires.

— Ce n'est pas grave d'avouer que tu m'aimes bien, lui confia-t-il avec un clin d'œil. Je suis ce genre de gars, c'est tout.

— Tu veux dire le genre qui me donne envie de commettre des actes de violence inqualifiables ? dit-elle en ouvrant le réfrigérateur et en trouvant un récipient avec de la viande.

À sa grande surprise, il la rejoignit près du frigo et sortit les ingrédients nécessaires pour faire un sandwich.

Enfin, si elle ignorait la confiture.

Sauf quand il l'étala sur un sandwich avant de lui remettre le couteau, elle ne put s'empêcher de lui demander :

— Pourquoi est-ce que tu mets de la confiture de framboises sur un sandwich au rosbif ?

— Sucré salé, bébé. Vas-y, essaie.

Il lui tendit ce qui était pour lui un sandwich parfait et elle hésita avant de prendre une bouchée.

Elle écarquilla les yeux en mâchant.

— C'est vrai que ce n'est pas si mauvais.

— Arrête, on sait tous les deux que c'est délicieux. J'ai eu l'idée après avoir fait des sandwichs avec les restes de Thanksgiving en ajoutant des cranberries. C'est une question de complémentarité des saveurs, affirma-t-il avant de dévorer son sandwich.

Il ne dit pas un mot lorsqu'elle étala aussi de la confiture sur le sien avant de le dévorer.

Alors qu'ils étaient assis dans un silence complice, mis à part leurs mastications, elle ne put s'empêcher d'observer Neville. Cet homme était le même que celui qu'elle avait rencontré quelques mois plus tôt et en même temps non. Cette version de lui était plus ouverte, plus sarcastique et provoquante.

Il était plus… lui-même.

Cela n'aurait pas dû le rendre si attirant et pourtant, c'était le cas. Il débordait de vitalité et d'arrogance. Elle ne doutait pas une seconde qu'il était sincère quand il disait vouloir rester marié. Il était têtu et confiant. Dommage qu'il ne soit pas un tigre pur-sang.

Mais en sachant de quoi était capable sa famille, ça ne servait à rien d'essayer.

— Tu as tellement de chance d'avoir ton oncle Vinny[2], déclara-t-il après avoir bu son verre de lait.

— À cause du film ?

— Non, parce que j'ai entendu dire qu'il organisait les meilleures soirées d'Halloween.

— C'est vrai. Des friandises grandeur nature et des boissons gazeuses. Le jeu de la pomme dans l'eau[3]. Le labyrinthe hanté qu'il a construit dans le jardin est incroyable.

— Tu as grandi dans le coin ? demanda-t-il.

— Non, mais mon père m'emmenait souvent pour leur rendre visite. Il disait que c'était important que je crée des liens avec la famille du côté de ma mère.

— Ta mère est morte quand tu étais petite.

Elle repoussa son assiette.

— Oui.

Elle n'aimait pas en parler.

— T'as envie d'entendre un truc tordu ?

— Quoi ? demanda-t-elle.

— Quand j'enquêtais sur ta famille, je me suis

rendu compte que mon père était sorti avec ta mère.

Elle cligna des yeux.

— On est de la même famille ?

Il sourit.

— En tout cas personne ne l'a confirmé.

— Salaud.

— Si ça peut t'aider, mes parents se sont mariés un an avant de m'avoir. Mais je n'ai jamais fait de test ADN, donc on peut être frère et sœur.

— Je me demande vraiment si je ne ferais pas mieux de te tuer finalement.

— Ta nature sanguinaire me fait me demander si on ne t'a pas fait regarder *Le Parrain* depuis le berceau. Tu prends vraiment ton rôle de princesse de la mafia un peu trop à cœur.

— Arrête de m'appeler comme ça.

— Pas de princesse. Pas de bébé. Pas d'épouse. Je ne sais plus comment t'appeler moi.

— Pourquoi pas Natasha, tout simplement ?

— Après tout ce qu'on a vécu ? Je mérite de pouvoir te donner un surnom plus intime que ça.

— Je vais surtout te donner un coup de pied au cul si tu continues de m'agacer.

— C'est toi qui as insisté pour que je vienne avec toi. Moi ça m'allait très bien de rester au lit chez moi. Justement, en parlant de ça, où est-ce que je vais dormir ?

Il y avait plusieurs chambres de libres. Des chambres avec un lit sur lequel il pourrait dormir, à l'abri des regards.

— Tu dormiras avec moi.

Elle avait un lit king-size. Ils auraient probablement assez d'espace.

— Tu as peur que je m'éclipse dans la nuit ?

Elle avait surtout peur que quelqu'un vienne se faufiler dans sa chambre, et elle ne pensait pas seulement aux assassins.

Elle saisit le verre de lait qu'elle avait fait réchauffer au micro-ondes et ouvrit la voie. Il ne dit rien en entrant dans la suite que son oncle lui avait prêtée. Elle lui tourna le dos en buvant la boisson chaude. Celle-ci l'avait toujours apaisée – même enfant.

Quand elle se mit au lit, elle le trouva déjà allongé sous les couvertures de l'autre côté.

Il y avait largement assez d'espace pour eux deux.

Alors pourquoi se réveilla-t-elle sur son torse nu le lendemain matin ?

CHAPITRE SIX

Dès l'instant où Natasha prit conscience de sa position, elle se raidit. Alors qu'elle se tortillait, Dean se raidit également, mais pour une raison différente.

— Bonjour, bébé, dit-il d'une voix traînante.

— Tu me molestes dans mon sommeil ? déclara-t-elle.

Mais au lieu de s'écarter, elle resta allongée sur lui.

— Bien essayé, princesse. Mais c'est toi qui m'as grimpé dessus et qui protestais faiblement dès que je bougeais un peu pour être à l'aise.

— Tu es bâti comme un roc, marmonna-t-elle avant de bégayer : Et tu es d'ailleurs tout aussi épais. Je veux dire...

— Pas besoin de t'expliquer. Je suis tout à fait conscient de mon épaisseur et de ma solidité.

Le sous-entendu la fit gémir.

— Oh, oui refais ce bruit s'il te plaît, grommela-t-il.

Elle enfouit son visage contre son torse et son souffle chaud caressa sa peau au niveau des côtes.

— Il faut qu'on se lève.

— Moi c'est déjà le cas.

Il choisissait bien ses mots.

Elle le fit payer. Elle se leva de sous les couvertures, ne portant qu'un long tee-shirt et une culotte et le chevaucha complètement. Une cuisse de chaque côté, son entre-jambes pressé contre lui, un bazar chaud et humide, même avec ses sous-vêtements. Une déesse dont les cheveux emmêlés tombaient dans le dos.

— Je crois que tu as besoin de faire pipi, déclara-t-elle en le frottant fermement. Mais j'y vais en premier !

Puis elle s'en alla, ses jolies fesses rebondies dépassant de sa culotte taille haute.

Son sexe palpita. Non pas parce qu'il avait envie de faire pipi, préférait-il préciser. Il n'avait pas le temps de régler ce problème. Elle allait revenir d'une seconde à l'autre.

Ou pas.

Elle resta assez longtemps aux toilettes pour qu'il se demande si elle n'était pas tombée dedans. Quand elle ouvrit la porte, elle paraissait bien trop suffisante et pas du tout excitée.

On aurait dit qu'elle avait mangé du lion.

— Tu t'es masturbée ! l'accusa-t-il avec audace.

Sa réponse fut encore plus insolente lorsqu'elle leva le menton en l'air et répondit :

— Deux fois.

Il regretta de ne pas s'être astiqué en répandant sa semence sur son oreiller. Au lieu de ça, ses testicules lui faisaient mal. C'était injuste. Mais il n'était pas prêt à s'émasculer en l'admettant.

— Je suis étonné que tu n'aies pas pris ton téléphone avec toi pour pouvoir partager ton plaisir avec ton fiancé.

— Pourquoi avoir besoin d'un téléphone quand il y a une webcam intégrée dans la salle de bains ?

Elle sortit d'un pas nonchalant, portant une serviette et rien d'autre.

Une colère brûlante l'envahit à l'idée qu'elle ait pu faire un show à un autre homme. Comment osait-elle lui être infidèle ?

Mais encore une fois, connaissant le personnage, il se posait des questions. Il se détendit, calant son bras sous sa tête.

— Comment va Simon ? Tu lui as dit que tu étais déjà mariée ?

— En fait, je lui ai dit qu'il me manquait et que j'avais hâte d'être sa femme.

Elle entra dans le dressing et il s'allongea en fermant les yeux.

Il n'allait pas tout saccager. Il n'allait pas traquer Simon et lui arracher la peau. Il n'allait pas la laisser le contrarier. Mais pour cela, il fallait qu'il contrôle la situation.

Que pouvait-il faire pour reprendre le dessus ? Comment la déstabiliser suffisamment pour que le masque qu'elle porte tombe ?

Il eut une idée qui fit naître un sourire sur ses lèvres.

Quand elle sortit du dressing, elle cria :

— Mais qu'est-ce que tu fais ?!

— Je me masturbe.

Du moins, il faisait semblant sous les couvertures, levant son poing de haut en bas vers son entre-jambes. Qui aurait cru qu'une personne aussi désabusée qu'elle puisse encore rougir ?

Il dut être convaincant, car elle tourna le dos.

— Tu ne peux pas être plus discret ?

— Je suis sous les couvertures.

— Je le vois bouger.

— Le ? ricana-t-il.

— Pardon, tu préfères que je le surnomme ton petit soldat ?

Il faillit repousser les couvertures pour lui remémorer la taille de son membre. Il ne le fit pas, notamment parce qu'elle rougissait encore. Elle savait très bien comment il était bâti.

— J'imagine que tu n'as pas envie de me rejoindre pour faire ton devoir d'épouse ?

Il mit sa main derrière sa tête.

— Je ne serai bientôt plus ta femme.

Elle se rendit dans le bureau et ouvrit l'ordinateur portable qui s'y trouvait. En un instant, l'imprimante portable qu'elle avait branchée, cracha plusieurs feuilles.

Elle apporta la pile de documents et les lui tendit avec un stylo.

— Signe.

Il envisagea de l'envoyer valser, mais eut une meilleure idée. Il saisit le contrat et ignora Natasha pour le parcourir. Les documents lui paraissaient très simples et directs. Un divorce sans condition, mais il aimait bien débattre.

— Ça ne va pas le faire.

— Pourquoi ?

— Parce que tu as oublié certaines choses.

Elle fronça les sourcils.

— Comme quoi ?

— Le partage de nos biens.

— Garde ce que tu as. Et je fais pareil.

— Et nos amis ?

— Nous n'avons aucun ami en commun, lui rappela-t-elle.

— Et les revenus ?

— Pourquoi est-ce important ?

— Il y a la pension alimentaire. Celui qui gagne plus doit la verser.

— Tu n'es pas sérieux.

— Je suis très sérieux. Je t'ai épousée en ayant de bonnes intentions. Je pense que ça vaut quelque chose, non ?

Elle resta bouche bée.

— Tu veux que je te paie ?

Quand elle bougea soudain les mains, sortant une arme à feu qu'elle avait cachée dans son dos, il se mit en mouvement, esquivant la balle. L'oreiller sur lequel reposait sa tête connut un plus triste sort. Des plumes volèrent. Elle tira à nouveau alors qu'il plongeait vers l'avant, restant au sol. La troisième le frôla, puis qu'il se jeta vers elle.

Avant qu'elle ne puisse à nouveau tirer, il attrapa ses chevilles et la fit tomber. Elle heurta le sol en tombant sur les fesses, et fut déséquilibrée. Cela lui laissa assez de temps pour saisir son poignet et immobiliser la main qui tenait l'arme. Il ne fut pas assez dupe pour croire qu'elle était désormais inoffensive.

— Je ne te donnerai pas un centime, siffla-t-elle avec colère, furieuse et magnifique.

— Alors je n'accepte pas de divorcer, répondit-il en l'attirant plus près. Chère épouse.

— Ne m'appelle pas comme ça.

— Mais c'est ce que tu es. Tu es mon épouse, dit-il en grognant légèrement.

Ses pupilles se dilatèrent et elle eut le souffle coupé.

— Je vais épouser Simon.

— Il faudra d'abord me passer sur le corps.

— Si tu insistes.

Elle poussa le couteau contre son ventre.

Il ne s'en soucia pas et l'embrassa.

CHAPITRE SEPT

Le contact de sa bouche sur la sienne n'initia rien, car elle était déjà en feu. Le glissement sensuel de ses lèvres ne fit qu'alimenter cette chaleur en elle qui finit par bouillonner.

Puis, ce fut terminé.

— Merci de ne pas m'avoir mordu la lèvre, dit-il en s'écartant.

— J'attendais de sentir ta langue pour faire plus de dégâts.

Elle se lécha les lèvres et le regard de Dean suivit. Cela ne fit rien pour apaiser ce désir en elle. Même si elle s'était masturbée, ce mini orgasme n'était pas vraiment ce qu'elle voulait. Ni ce dont elle avait besoin.

— Tu as toujours aimé embrasser avec la

langue. Mais si je me souviens bien, tu préférais quand ma langue léchait une autre partie de ton corps.

Elle prit une grande inspiration en se remémorant.

Comment ose-t-il ? Évidemment qu'il osait, parce qu'il le pouvait. L'homme qu'elle avait rencontré sous le nom de Dean avait toujours réussi à la déstabiliser. C'était le seul homme à le faire, d'ailleurs.

Le seul et unique.

C'est pourquoi il était étrange qu'elle ne l'ait pas encore tué. Pourtant il le méritait après l'avoir tourmentée. Il savait qu'ils étaient mariés et il l'avait ignorée.

Restant loin d'elle.

N'essayant pas une seule fois de la contacter.

Il n'avait pas non plus demandé le divorce et elle se demandait s'il l'avait réellement trompée comme il l'affirmait.

Elle l'avait observé. Pas personnellement, évidemment. Mais elle avait ses méthodes.

D'après la filature, il n'avait pas fréquenté d'autre homme ou femme. Rien qui ne puisse être prouvé en tout cas. Cependant, il y avait certains moments où ses rapports de filature étaient vides et où il avait disparu de la circulation. Il aurait pu faire n'importe quoi.

Ou même se faire quelqu'un.

L'idée même la fit bouillonner. Qu'est-ce que ça voulait dire ? Elle n'avait pas cherché à en savoir plus et ne s'était pas autorisée à y réfléchir. Jusqu'à présent.

Face à lui, elle se souvint pourquoi elle avait fait durer la cérémonie avant de gâcher ce qu'ils avaient construit. Il l'attirait toujours plus que ce cheesecake dans le frigo que ce Chef rendait délicieusement fondant.

Elle était plus accro à son mari accidentel qu'à l'herbe à chat que sa babouchka cultivait. Durant la pleine lune, il était recommandé de ne pas jeter un coup d'œil par les fenêtres donnant sur le jardin, car Grand-mère avait tendance à en profiter encore avec son amant du moment. Nue.

De quoi être traumatisé.

— T'as donné ta langue au chat ou quoi ? la taquina-t-il, tenant toujours son poignet.

Elle aurait pu se libérer de son étreinte, le blesser ou même le tuer et ne plus avoir besoin de divorcer.

Il le savait aussi. Il savait comment elle était.

Cela voulait dire qu'il lui demandait volontairement de rester avec lui. Ce n'était pas une question d'argent. Alors pourquoi ?

Elle se rapprocha de lui, adoucissant son regard et les traits de son visage.

— C'est vrai qu'au lieu de divorcer, on pourrait se réconcilier, tu as peut-être raison. Se donner une seconde chance.

Il se raidit, dans tous les sens du terme.

— On s'embrasse et on fait la paix ?

En entendant le mot « *embrasser* », elle baissa les yeux sur ses lèvres. Avant son étreinte, elle s'était demandé si son esprit n'avait pas exagéré le souvenir du plaisir éprouvé avec lui. Cela faisait si longtemps... Pourtant, ce baiser était mieux que dans ses souvenirs. Et si un baiser était encore mieux, alors...

Elle se dégagea de son étreinte, se leva et lui tourna le dos, agacée d'être tombée si facilement dans son piège.

— On ne peut pas faire ça.

— Pourquoi ? On est mariés. On peut faire tout ce qu'on veut ensemble.

— Mais on ne peut pas être mariés. Tu ne comprends pas ?

— Parce que tu veux épouser cet imbécile de Simon.

Il ne put s'empêcher de retrousser les lèvres de colère.

— Je n'ai pas le choix.

— Annule ce mariage.

— Je ne peux pas. J'ai déjà accepté.

— Tu m'as d'abord fait une promesse.

— C'était pour de faux ! s'énerva-t-elle.

— Pour toi, peut-être. Mais pour moi c'était bien réel.

— Tellement réel que tu m'as laissée partir.

Trop tard, les mots lui échappèrent, révélant plus que ce qu'elle ne voulait.

Ce salaud le comprit.

— Tu m'en veux de ne pas t'avoir couru après ?

— Non.

Pitié, faites qu'il n'entende pas l'incertitude dans sa voix.

— J'y ai pensé tu sais, surtout au début, quand j'étais en colère.

— Pourquoi n'es-tu pas venu me chercher ? demanda-t-elle.

Il haussa les épaules.

— Je ne suis pas du genre à courir après une femme.

— Tu es plutôt du genre à faire ton difficile quand il s'agit de se séparer, rétorqua-t-elle.

— Je ne cède pas facilement ce qui m'appartient.

— Je ne t'appartiens pas, s'empressa-t-elle de répondre, alors que son cœur battait de plus en plus vite.

Il y avait quelque chose de possessif dans sa voix qui faisait appel à ses instincts les plus bas.

Elle était une femme forte et indépendante, mais le voir essayer de la dominer lui donnait des frissons.

— Tu es sûre de ça, bébé ? Ça fait longtemps que je ne t'ai pas léchée. Je devrais peut-être te rappeler ce que ça fait d'être avec moi, dit-il en regardant sa bouche.

Elle espérait qu'il ne puisse pas sentir son excitation.

— Ne me regarde pas comme ça.

— Comme quoi ? demanda-t-il en se penchant vers elle.

La faisant réaliser à quel point elle était petite à côté de lui.

Pourtant, sa taille ne l'impressionnait pas. Elle savait au fond d'elle qu'il ne lui ferait jamais de mal. Au contraire, elle soupçonnait même qu'il serait capable de tuer tous ceux qui essaieraient.

— Tu n'arrêtes pas de me dévorer du regard

comme si j'étais un plat délicieux que tu avais envie de manger.

— Mais j'ai effectivement envie de te manger.

Il lui fit un clin d'œil et elle rougit à nouveau.

Foutues joues qui la trahissaient. Il fallait qu'elle reprenne le dessus.

— Tu te rends bien compte que si tu ne signes pas ces papiers, je vais devoir te faire tuer.

— Tu ne le feras pas toi-même ? Je croyais que tu étais du genre à bien faire ton travail.

— Tu n'es pas un travail pour moi.

— Tu as raison. Je suis le mari d'une femme dangereuse. Magnifique. Mortelle. Sais-tu que ton nombre de meurtres est inconnu ?

— C'est fait exprès, mais je peux te dire qu'il y en a pas mal.

Il fit une moue triste.

— Dire que je te pensais innocente.

— Tellement pas.

— J'ai hâte de voir à quel point tu peux être vilaine.

C'est là qu'elle réalisa qu'elle tenait toujours le couteau dans sa main. Pourtant, elle ne s'en servait pas. Elle l'avait appuyé contre son ventre mais n'avait pas réussi à l'enfoncer.

Frustrée, elle le fit tournoyer et le jeta. Le

couteau frôla la tête de Dean – qul ne bougea pas d'un poil – pour s'encastrer dans le mur derrière.

— Pourquoi veux-tu mourir ? demanda-t-elle.

— Qui a dit que j'en avais envie ?

— Parce que tu n'arrêtes pas de me pousser à bout.

— Ça s'appelle flirter, bébé.

— Je n'aime pas ça.

— Habitue-toi.

— Sinon quoi ?

Il agit rapidement, tellement vite qu'elle n'eut même pas le temps d'échapper à ses bras qui l'enlacèrent. Elle ne lutta pas, elle attendit de voir ce qu'il comptait faire.

Il ne fit rien d'autre que de bouger les lèvres. Cela devenait frustrant.

— Pourquoi as-tu si peur d'être avec moi ?

— Je n'ai pas peur, dit-elle essoufflée.

Il se pencha plus près.

— Ton cœur bat vite. Ta culotte est mouillée. Et nous savons tous les deux que si nous nous embrassons à nouveau, nous allons finir dans le lit.

Sa bouche s'approcha suffisamment près pour qu'elle cède presque à la tentation de son murmure. Elle fut sauvée par les coups portés à la porte.

— Va-t'en ! s'agaça-t-elle.

— Est-ce que ton mari et toi êtes levés ? cria Isa en retour.

— Qu'est-ce que tu veux ?

Natasha s'écarta de lui et jeta un regard noir en direction de la porte, la colère se mélangeant au soulagement d'avoir été interrompue.

— Papa veut te voir. Et Dean aussi.

— Pourquoi ?

Isabella ne répondit pas et Natasha jeta un coup d'œil à son mari.

Torse nu, en caleçon et ne portant rien d'autre.

— Tu ferais mieux de te cacher au fond, remarqua-t-elle.

— Tu as peur que ton oncle me tire dessus ?

— Je sais qu'il le fera s'il pense que tu peux poser problème.

— Et en tant qu'épouse aimante, évidemment ça te contrarie.

— Continue de me provoquer Neville, tu verras ce qui t'arrivera.

— Je m'appelle Dean.

— Pas d'après tes papiers d'identité.

C'était par pur entêtement qu'elle l'appelait par son vrai prénom, Neville. Cela aidait aussi étant donné qu'il était déjà trop sexy de base.

— Habille-toi et retrouve-moi dans le bureau d'oncle Vinny.

— Je croyais que je devais me cacher.

— Je me suis rendu compte que mon oncle est peut-être la solution pour résoudre notre problème de mariage.

— Est-ce une si mauvaise chose d'être ma femme ?

Être sa femme impliquait tout un tas de choses, notamment le fait d'être déroutée.

Il se pavana jusqu'à la salle de bain au lieu d'attendre sa réponse.

L'arrogance suffisante d'un lion, la nature rusée d'un tigre. Il avait tous les aspects les plus extrêmes des deux espèces.

Elle marcha en trombe, mais cela ne fit rien pour atténuer sa frustration. Elle fit de son mieux avant de toquer à la porte du bureau de son oncle. Lorsqu'elle avait précédemment expliqué son dilemme matrimonial, elle avait fait passer ça pour une escapade alcoolisée. Ç'aurait dû être facile à gérer. Pourtant, elle avait ramené le problème jusqu'à chez son oncle. Elle se doutait qu'il serait mécontent.

— Entre ! cria Oncle Vinny.

Elle ouvrit la porte blanche à l'inscription

simple et entra dans un bureau plus encombré et désordonné que prévu. Les murs n'étaient qu'un amas de classeurs dépareillés et de bibliothèques. Les documents étaient pleins de chiffres. Vinny était une sorte de comptable. Il s'assurait que la compagnie familiale – pour les parties illégales et légales – reste à flot et évite d'avoir des problèmes avec le gouvernement. Sa babouchka prétendait qu'il était un magicien des chiffres. Père n'aimait pas Oncle Vinny, mais admettait à contrecœur qu'il savait ce qu'il faisait.

Oncle Vinny ne ressemblait en rien à ce que l'on pouvait croire. Pour commencer, il était blond, presque blanc, vêtu d'un costume gris clair, il n'avait pas de moustache et n'avait absolument pas l'air d'un Italien. Fallait-il s'étonner que son grand-père maternel au teint basané lui ait fait passer un test ADN non pas une fois mais deux, voire cinq fois ?

À chaque fois, il offrait un bijou coûteux à une Babouchka mécontente. Mais la confusion était compréhensible étant donné que le reste de la famille, y compris sa mère, avait tendance à être au moins un peu bronzé et toujours brun.

— Tu voulais me parler, dit Natasha quand il leva les yeux de son livre de comptes.

— Ah, ma nièce, quel plaisir de te voir. Où est ton mari ? demanda-t-il avec légèreté, mais elle vit qu'il haussait les sourcils d'un air irrité.

Il n'aimait pas que l'on perturbe sa routine.

— Dean va bientôt arriver. Et tu n'as pas besoin de faire semblant. Je sais que vous vous connaissez. Pourquoi tu ne me l'as pas dit ?

— C'est une vieille histoire. Et puis, c'est Isabella qui l'a largué.

Natasha eut du mal à y croire.

— Désolée de l'avoir amené ici. Je ne savais pas où aller.

— Dans un hôtel par exemple ?

— J'avais besoin de le garder près de moi jusqu'à ce qu'il signe les papiers du divorce, lâcha-t-elle.

— Et alors ? Tu n'as pas trouvé de stylo ?

— Disons plutôt qu'il refuse de les signer.

— Il refuse ? dit son oncle en haussant les sourcils. Tu n'as pas dit que tu lui tirerais dessus s'il refusait ?

Elle lutta pour ne pas se mordre la lèvre.

— J'étais sur le point de le faire, mais nous nous sommes fait attaquer.

— Par qui ?

Son oncle se concentra immédiatement sur ce qu'elle lui racontait.

Elle haussa les épaules.

— Je ne sais pas. Ils se sont enfuis.

Vinny parut surprise.

— Ils ont réussi à t'échapper ?

— Et à m'échapper aussi, ajouta son mari qui venait de se faufiler dans la pièce, ce qui n'aidait pas non plus. Ces salauds ont fait exploser ma cabane ! s'exclama-t-il en tapant dans ses mains. Ça m'a aussi coûté une bonne bouteille de whisky.

— Cet homme a failli être assassiné et tu le ramènes chez moi ? dit Vinny en la regardant platement.

— Je ne savais pas où aller.

— Encore une fois, pourquoi n'es-tu pas allée à l'hôtel ?

Elle battit des cils en répondant :

— Parce que tu as une bien meilleure sécurité ici.

Alors que son oncle lui jetait un regard noir, elle ajouta :

— Et tu m'adores parce que je te rappelle ma mère.

Vinny soupira.

— J'imagine que vous avez rattrapé les assaillants.

— Pas vraiment, dit-elle en hésitant.

Le regard rusé de son oncle les observa.

— Laissez-moi deviner, vous étiez trop occupés à vous réconcilier.

Vinny n'interprétait pas correctement la situation.

— Pas du tout ! Je veux toujours divorcer, s'empressa-t-elle d'expliquer.

— Bref, revenons-en à ces assaillants. Qui sont-ils ? Pour qui travaillent-ils ? En avaient-ils après toi ou lui ?

Elle haussa les épaules.

— Je ne sais pas. Cet imbécile ici présent pensait en avoir attrapé une, mais elle s'est enfuie.

— Nœuds de merde, dit Neville en haussant les épaules, pas le moins du monde déconcerté par le fait de se faire cuisiner par son oncle.

Vinny se laissa retomber dans son fauteuil et croisa les mains.

— C'est bien beau tout ça, mais je ne comprends toujours pas pourquoi il est là.

— J'ai besoin qu'il signe les papiers du divorce.

— Mais tu viens de dire qu'il ne voulait pas.

— Il n'a pas le choix !

Elle regarda son mari d'un air renfrogné. Ce dernier sourit en disant :

— Ça, c'est toi qui le dis. C'est toi qui veux divorcer.

— Pas toi ? demanda Vinny, les observant tous les deux.

— Pas vraiment. Je préférais que Natasha se comporte comme une véritable épouse, comme ça, je ne serais pas obligé de faire face à toutes ces femmes célibataires qui essaient de mettre une bague à ce doigt, expliqua-t-il en levant sa main gauche nue.

— Ce n'est pas difficile d'en acheter une en bijouterie, rétorqua Vinny.

— Une fausse ? s'indigna Neville en mettant la main sur son torse. N'y pensez même pas.

— Que sont devenues celles de la cérémonie ? demanda Natasha.

Il avait eu une paire dans sa poche et les lui avait montrées la veille du mariage.

— Elles ont été victimes d'un terrible accident. Cela ne me semblait pas correct de les remplacer sans l'avis de ma chère épouse. Sans oublier que, je voulais que celles-ci aillent avec ta bague de fiançailles.

— Je m'en suis débarrassée, mentit-elle.

Elle l'avait rangée dans une pochette en tissu dans une boîte à bijoux chez elle.

— Ce n'est pas grave, on peut toujours aller acheter une nouvelle bague.

— Il est sérieux là ? demanda Vinny avant de regarder Neville. Tu ne peux pas rester marié avec elle. Elle est fiancée à quelqu'un d'autre.

— Techniquement, elle ne peut pas, car elle et moi avions un engagement antérieur qui est d'ailleurs toujours d'actualité.

Vinny se tourna vers Natasha.

— Tu ne lui as pas expliqué ce qu'il risque de se passer si ton père l'apprend ?

— Tu veux dire le fait que mon papa le pourchassera et accrochera sa tête au mur comme un trophée ? dit-elle en se balançant sur la pointe des pieds. S'il a mené son enquête, il le sait.

— Tu as envie de mourir ? lui demanda Vinny d'un ton sec.

— Tout le monde me pose cette question et la réponse est non. Mais je suis un homme de parole. J'ai promis de rester son mari jusqu'à ce que la mort nous sépare.

— Et c'est ce qui risque de se passer imbécile, si tu continues à refuser obstinément.

— Est-ce que ça veut dire que tu es prête à

parler chiffres ? demanda Neville d'un air innocent.

— Qu'est-ce qu'il raconte ?

Vinny plissa les yeux en entendant le mot « *chiffres* ».

— Il veut une pension alimentaire.

— Combien ? demanda Vinny.

Son mari nomma une somme scandaleuse. Elle était sur le point de dire non, quand son Oncle Vinny dit :

— Marché conclu. Maintenant, signe.

— Je veux que le contrat soit écrit, insista-t-il.

Cela leur prit une heure, car ils avaient besoin qu'un avocat soit présent pour apporter les modifications nécessaires au contrat. Durant ce temps, son mari alla manger. Elle le suivit, convaincue qu'il trafiquait quelque chose.

Il prépara le plus délicieux des sandwichs. Plusieurs couches de viande et du fromage avec quelques pointes de moutarde de Dijon entre.

Une fois terminé, il fallait une énorme mâchoire pour pouvoir avaler ce sandwich.

Elle s'en tint à une salade, surtout par dépit – ce que son ventre n'apprécia pas beaucoup.

Pendant qu'ils mangeaient, ils ne dirent pas

grand-chose. Notamment parce qu'elle était contrariée.

Pas parce que son oncle avait accepté de payer, mais surtout parce qu'apparemment, la soi-disant loyauté de Neville avait un prix. Même si ça l'avait agacée, elle le respectait plus quand il refusait.

Après leur repas, ils retournèrent dans le bureau de son oncle et se concentrèrent à nouveau sur le contrat de divorce. Neville fit mine de le lire attentivement, puis de signer sans la regarder une seule fois. Il glissa les documents dans une enveloppe et la lui tendit.

Puis, il s'en alla. Sans un mot. Pas d'adieux ni de dernier regard insistant.

Rien.

Comme si elle ne comptait pas.

Et elle ne supportait pas que cela la contrarie. Autant.

C'est là qu'oncle Vinny décida d'ouvrir sa bouche.

— Quel dommage que ton père ait choisi ce petit Simon. Ce tigron a de sacrées couilles.

— Il ne sait pas faire preuve de bon sens.

— De mon temps, on appelait ça être pimpant. Dommage que ça n'ait pas marché entre lui et Isabella. Je pourrais finir par apprécier ton mari.

— Ex-mari.

— Tu es sûre de ça ?

Elle agita l'enveloppe avec les documents signés, mais alors que son oncle n'arrêtait pas de sourire, elle fronça les sourcils et fit glisser le contrat.

— Salaud de félin ! s'exclama-t-elle.

Effectivement, il avait signé les documents, en les accompagnant d'un message.

Le premier disait : *Jamais*. Suivi de : *À plus, bébé.*

À plus ? Oh non. Elle allait le tuer tout de suite.

CHAPITRE HUIT

Quelle belle journée. Le soleil brillait, réchauffant le torse nu de Dean alors qu'il se détendait sur le toit de la résidence du Clan. Il avait enlevé sa chemise et ne portait que son pantalon militaire et ses lunettes de soleil. Pas de chaussures. Pas d'armes.

Il n'en avait pas besoin, pas quand sa femme était assez forte pour eux deux. Et il s'attendait à ce qu'elle arrive d'une minute à l'autre.

— Neville Horatio Fitzpatrick !

Elle hurla son prénom alors qu'elle sortait de l'ascenseur sur le toit.

Son arrivée attira plus d'un regard – et fit agiter plus d'une queue.

Elle provoqua également un ricanement alors que quelqu'un se moquait :

— Neville, ce n'est pas le nom de l'ennemi juré de Garfield ?

— Non, ça, c'est Nermal, expliqua Jodi.

— Alors qui est Neville ? demanda Stacey.

Au lieu de répondre, Dean resta allongé au soleil, profitant des rayons chauds du soleil derrière ses lunettes jusqu'à ce que quelqu'un lui fasse de l'ombre.

— Espèce d'imbécile !

Il resta allongé, les paupières closes.

Elle le frappa avec une liasse de papiers roulés.

— Je t'interdis de m'ignorer.

Il ouvrit un œil pour voir cette tempête qui faisait rage.

— Salut, bébé. Je ne m'attendais pas à te revoir si vite. Je t'ai manqué ?

— Tu es un crétin ou quoi ?

— Pas d'après les tests d'intelligence qu'ils m'ont fait passer.

— Tu as dit que tu allais signer, dit-elle en agitant les documents.

— Mais j'ai signé.

— Pas avec ton nom ! s'énerva-t-elle.

— Ouais, ben, même si l'offre était alléchante, je ne pouvais pas l'accepter.

— C'est toi qui l'as suggérée.

— Non, tu m'as demandé quel était mon prix. J'en ai donné un qui me paraissait raisonnable. Cependant, ça ne voulait pas dire que j'étais prêt à divorcer, et ce n'est toujours pas le cas d'ailleurs.

— Connard !

Il releva ses lunettes et lui fit un sourire paresseux.

— Bébé, tu crois vraiment que c'est une façon de parler à ton mari ?

Les filles qui les observaient se turent. On aurait pu entendre un cheveu tomber tellement c'était silencieux.

Jusqu'à ce que quelqu'un chuchote, assez bruyamment :

— Est-ce qu'il vient de dire qu'ils sont mariés ?

Pour sa défense, Natasha – qui avait de sacrées couilles – resta impassible quand une demi-douzaine d'yeux dorés se tournèrent vers elle, certains assez menaçants. C'était déjà assez impressionnant qu'elle soit parvenue à accéder au rooftop. Comment avait-elle fait pour passer devant le comité d'accueil des connasses ? Avec un peu de chance, quelqu'un avait des images vidéo.

Natasha poussa ses cheveux bruns en arrière, comme pour les défier.

— Ne vous mêlez pas de ça, les avertit-elle. C'est entre moi et ce salaud galeux.

— Je te signale que ma fourrure est luxuriante. Tu savais que l'épouse d'Arik a transformé l'un des appartements du premier étage en salon de coiffure ? Elle propose les meilleurs traitements pour le cuir chevelu.

Sa remarque fut accueillie par de nombreuses approbations.

— Arrête d'être délibérément borné. Tu as accepté de divorcer. Tu as eu tout ce que tu voulais.

Il s'assit et lui répondit d'un ton plus sec que nécessaire.

— Ce que je veux, c'est d'être marié. Avec toi, devrais-je préciser au cas où ce ne soit pas clair.

Cela devenait de plus en plus facile à avouer.

— Mais je me suis fiancée avec quelqu'un d'autre !

Elle commençait à perdre patience et tapa du pied, mais ce furent ces mots qui suscitèrent les nombreux : « Oooh ! » de la part des spectatrices.

L'une d'elles s'exclama :

— Vite, que quelqu'un ramène du pop-corn de la cuisine !

— Mieux vaut y mettre fin parce que la bigamie est toujours un crime dans cet état, rétorqua Dean.

— C'est du chantage. Je ne veux pas être mariée avec toi.

Dean se leva et la surplomba de toute sa hauteur.

— Dommage. Parce que tu m'appartiens.

— Oh ! répondit tout le monde sauf son épouse.

Natasha ne se laissa pas déstabiliser.

— Je n'appartiens à personne.

— J'ai un certificat de mariage en ma possession qui dit tout l'inverse.

Tous les regards se tournèrent vers elle. Puis, Zena, l'une des rares lionnes à ne pas essayer de coucher avec lui, murmura :

— Je parie dix dollars qu'elle va lui donner un coup dans l'estomac.

— Et moi cinquante qu'ils vont coucher ensemble avant la fin de la journée.

Les paris fusèrent dans tous les sens, mais il les ignora. Il n'osait pas détacher son regard de Natasha.

— Je ne serai pas ta femme.

— Tu veux dire que tu ne seras pas la femme de Simon. Tu es déjà Mme Fitzpatrick.

Il la provoquait verbalement et pourtant, elle ne sortait pas les griffes. Elle avait un sang-froid exceptionnel malgré son fort caractère.

— Je vais te tuer, gronda-t-elle.

— À ta place, j'éviterais. Ma tante Kari, là-bas, risque de péter un plomb si tu me fais du mal. Je suis son neveu préféré.

Il la pointa du doigt sans la regarder.

— Tu n'as qu'un mot à dire et je la réduis en pièces pour toi, mon neveu chéri, roucoula Tante Kari.

Face à la menace, Natasha plissa les yeux.

— Qu'elle essaie. Vous n'avez qu'à toutes essayer. Si je meurs, mon père vous détruira.

— Qui est son père ? demanda quelqu'un.

Maintenant son regard, car seul un imbécile détournerait les yeux d'une tigresse en furie, Dean répondit :

— Sergeii Tigranov.

— Est-ce qu'il a dit… ?

La phrase resta en suspens.

Même si c'était très divertissant de le voir s'époumoner contre sa malheureuse épouse, le nom, renommé, surtout dans leur cercle, effraya les lionnes qui se dispersèrent. Même ici, loin de leur base, la famille Tigranov était connue – pour être impitoyable.

— Je vois qu'elles ont plus de bon sens que toi, remarqua Natasha.

— On dirait plutôt qu'elles ont entendu la cloche du dîner. Le mardi le restaurant sert des tacos.

— Des tacos ?

Elle jeta un regard plein d'envie vers l'ascenseur qui descendait. C'était trop mignon.

— Avec de la sauce au fromage queso et des chips tortillas faites maison.

— Arrête de me tenter, je ne me laisserais pas influencer par la nourriture.

Elle sortit une nouvelle enveloppe de sa poche arrière et l'agita dans sa direction.

— Signe ces foutus papiers.

— Non.

— Qu'est-ce que tu ne comprends pas dans : « *Mon père te tuera* » ?

— C'est toujours non. Et qui a dit que je ne pouvais pas obtenir la bénédiction de ton père ?

— Essaie et tu finiras avec les pieds dans du

béton, à nourrir les poissons de notre domaine familial.

— Tu me crois si incapable ? Je peux m'occuper de ton père.

— Ne touche pas à mon papa !

— Je ne lui ferai pas de mal. Mais je veux qu'il accepte cette union.

— Ça n'arrivera jamais parce que ce n'est pas lui le plus gros problème. J'ai promis à ma babouchka, quand je croyais qu'elle était sur le point de mourir, que j'épouserais Simon.

Cela le dégrisa plus que tout.

— Est-ce qu'elle s'est rétablie ?

— Oui.

— Alors pour qu'elle ne soit pas trop déçue, je m'assurerai d'apporter des fleurs quand je la rencontrerai.

— Tu ne feras rien de tel. Je ne veux pas que tu lui provoques une crise cardiaque.

— Qu'est-ce qui te fait penser qu'elle sera malheureuse d'apprendre que tu es déjà mariée ?

— C'est évident non ? Je serais mariée avec *toi*.

— Et ? Qu'est-ce qui ne va pas chez moi ? Comme tu l'as déjà remarqué, je suis riche.

Ses parents étaient morts durant son adolescence, mais lui avaient laissé, entre autres, deux grosses assurances vie, parmi d'autres choses.

— Tu n'es pas un tigre.

— Je suis à moitié tigre.

— Ma babouchka est une puriste. Elle ne t'acceptera jamais.

— Je ne te pensais pas lâche.

Elle le regarda de haut en bas, l'évaluant plus qu'autre chose. Elle laissa échapper un long soupir.

— Tu n'arrêteras pas tant que je n'aurais pas accepté, n'est-ce pas ?

— Il faut que tu sois mariée et je ne crois pas au divorce. Alors pourquoi ne pas faire en sorte que ça marche pour nous deux ?

— Ça va mal se terminer.

— Tu penses que Simon va pleurer ?

— On s'en fiche de Simon. Mon père ne sera pas content si Babouchka est contrariée. Et puis merde, moi non plus je n'ai pas envie de lui faire de la peine si elle est vraiment mourante.

— Je m'occuperai d'elle. Les femmes m'adorent.

Elle ricana.

— Fais-moi confiance.

C'était souvent ce qu'on disait avant de mourir. Ça et « *Tiens mon herbe à chat* »

Pouf. Pouf.

Le rythme régulier indiqua qu'un hélicoptère volait au-dessus d'eux. Ce n'était pas si rare en ville avec tous ces immeubles qui possédaient des zones d'atterrissages.

Cependant, celui-ci semblait se diriger vers la résidence du Clan, qui n'avait pas de piste d'atterrissage. Il convenait également de noter que les hélicoptères habituels arboraient généralement un logo quelconque indiquant à quelle entreprise ils appartenaient : la presse curieuse, une structure de loisir ou une entreprise qui pouvait se permettre d'avoir un hélico privé pour transporter ses meilleurs éléments.

L'hélicoptère qui descendait de plus en plus bas était d'un noir mat et élégant. Il possédait également des mitrailleuses qui s'abaissèrent et se mirent à scintiller en tirant des coups de feu.

Pas besoin de hurler, car Natasha était déjà en mouvement, courant se mettre à couvert alors que les balles criblaient le toit en béton.

Dean la suivit en zigzaguant, cherchant à éviter les balles. En quelques secondes, il se cacha derrière le bar tiki. Un bouclier fragile, au mieux. L'hélicoptère vola au-dessus de leurs têtes et ils entendirent le frottement des gants sur le nylon alors que des gens descendaient en rappel.

Il jeta un coup d'œil à Natasha qui paraissait aussi effrayée qu'un tigre sur le point d'affronter un terrier de lapins. C'est-à-dire qu'elle souriait en tenant une arme dans chaque main.

— Prêt ? lui demanda-t-elle.

Avant même qu'il n'ait le temps de réfléchir à sa réponse, elle se leva et se mit à tirer, son revolver capable de percer les gilets pare-balles que portaient les hommes. Mais elle était maligne et au lieu de tirer des coups mortels, elle les mutila. Un poignet tenant un fusil. Une rotule, ce qui était terriblement douloureux et efficace pour garder quelqu'un à terre.

Quant à Dean, il n'avait pas d'arme à feu, juste un tabouret et son ancien record de lancer de poids. Il balança le siège en bois vers l'hélicoptère qui se prit dans les hélices. Les éclats se mirent à pleuvoir et le métal gémit. L'hélico s'inclina mais se redressa rapidement et les mitrailleuses recommencèrent à tirer.

Sur Dean.

Il courut vers les balles au lieu de les fuir, les gardant rivées sur lui, grognant quand l'une d'entre elles se logea dans la partie charnue de son bras. Il attrapa un autre tabouret au passage et le balança à nouveau, réalisant soudain qu'il y avait également une petite table en métal.

Bang. Le couinement du métal retentit bruyamment et les conséquences furent pires encore.

L'hélicoptère se mit à pencher, perdant le contrôle de ses pales désormais tordues. Il s'inclina, et alors qu'il basculait par-dessus bord, les harnais attachés aux tireurs les entraînèrent, hors de portée.

Tante Marni débarqua soudain sur le toit, faisant claquer un fouet qui s'enroula autour des branches de l'hélicoptère. Elle plaqua ses pieds au sol, mais l'engin en mouvement l'entraîna avec lui. Les autres lionnes qui arrivaient sur le toit l'attrapèrent et tentèrent de faire peser leurs poids pour le ralentir. Mais elles chutèrent soudain et atterrirent les unes sur les autres quand l'un des assaillants tira sur le fouet, le sectionnant. L'hélicoptère s'envola plus loin, emportant avec lui une brise qui ébouriffa les cheveux de Dean.

Il posa les mains sur les hanches et le regarda partir.

— Qui étaient ces voyous effrontés ? demanda sa tante.

— Qui ose attaquer le clan ? demanda une autre.

Bonne question. Qui était assez bête pour faire ça ?

C'est Luna qui l'annonça d'un air sinistre.

— Je crois que quelqu'un vient de déclarer la guerre.

CHAPITRE NEUF

Une heure plus tard, faisant les cent pas dans la salle de conférence du roi lion, remplie de grandes personnes aux cheveux dorés et d'un type à la chevelure rayée, Natasha n'arrivait toujours pas à croire que cette attaque éhontée ait eu lieu.

— Je veux savoir qui les a envoyés ! rugit Arik, le leader du Clan, coupant court au vacarme.

— On y travaille, répondit l'une des rares filles aux cheveux bruns.

Melly quelque chose.

— Pour le moment, on n'a pas grand-chose. L'hélicoptère ne comportait aucune marque ou logo ce qui le rend difficile à traquer.

— Vous ne trouverez rien. C'était une opération secrète, ajouta Neville.

— Comment tu le sais ? s'agaça quelqu'un.

— Parce que non seulement ils étaient bien équipés, mais ils étaient également assez intelligents pour ne laisser aucune trace, déclara Natasha.

— Personne ne t'a rien demandé, dit une femme plus âgée, l'une des tantes de Neville, avec un regard noir.

— Pourquoi est-ce qu'elle est – une lionne, plus jeune, leva son pouce en direction de Natasha – toujours là ?

— C'est probablement à cause d'elle que ces imbéciles d'humains nous ont attaqués. C'est une Tigranov après tout, dit une autre tante comme si c'était quelque chose de sale.

— Fais attention à la façon dont tu parles de ma femme, grogna Neville.

Arik tapa la main sur l'énorme table.

— Natasha Tigranov est ici car nous lui devons des excuses, car nous n'avons pas su la protéger alors qu'elle profitait de l'hospitalité du Clan. Elle mérite également nos remerciements pour son aide. Sans oublier qu'en étant l'épouse de Dean, elle est désormais l'une des nôtres.

Il jeta un regard noir autour de lui, mettant au défi quiconque osait discuter.

— Mais elle n'a pas envie d'être mariée avec lui.

— C'est juste un malentendu, tante Kari, déclara Neville.

— Ça, ou son manque évident de goût, renifla tante Loretta qui s'était approchée d'elle durant la réunion et qui lui avait murmuré : « J'ai toujours rêvé d'avoir un manteau de fourrure rayée ».

— Si elle n'a pas envie de se marier, je peux régler le problème, murmura Tante Marni, s'attirant le regard furieux de Neville.

— Pour votre information, Natasha et moi avons décidé de redonner une chance à notre mariage. Et c'est pourquoi je vais devoir emprunter le jet.

— Vous partez en lune de miel ? demanda Tante Kari en levant les yeux au ciel d'un air sarcastique.

— Lune de miel. EVG. Rencontre avec les parents. Natasha et moi avons pas mal de choses à rattraper, ce qui, en même temps, devrait forcer ceux qui nous attaquent à nous suivre. Ce sera l'occasion de comprendre leurs motivations.

— Tu penses vraiment que c'est une bonne

idée de partir vu ce qui s'est passé ? demanda Kira, la seule personne saine d'esprit dans la pièce.

C'était probablement ses gènes humains qui la rendaient si raisonnable.

Neville haussa les épaules.

— S'ils en ont après moi, le Clan n'aura plus de problème si je pars.

— Sauf qu'en t'attaquant, ils s'en prennent aussi au clan, lui rappela Arik.

— Je préfèrerais que ça ait lieu là où il y a moins de chance que quelqu'un soit blessé.

Luna ricana.

— Personne n'a été blessé. Ils tiraient à blanc.

Littéralement. Sur le moment, ils avaient été trop occupés à les esquiver pour réaliser que les mitraillettes tiraient des balles en caoutchouc. Très douloureuses, mais en aucun cas meurtrières. Natasha se demanda s'ils regrettaient ce choix étant donné qu'elle les avait blessés avec de vraies balles.

— La bombe chez lui n'était pas factice, ajouta Natasha.

— Qui veut la mort de mon neveu ? Je veux un nom ! s'énerva Tante Marni en tapant du poing.

— On creuse, grommela Melly. Mais il nous faut un indice. Je trouve que c'est une bonne idée que Dean parte seul. Si c'est lui la cible, ça les attirera et s'il continue à se déplacer, ils devront agir en cachette au lieu de pouvoir préparer une véritable embuscade.

— Mais pourquoi attaquer tout court s'ils ne comptent pas utiliser de vraies balles ? demanda Arik. Et comment allons-nous empêcher que cela se reproduise ? Je ne veux pas que mon peuple soit exposé à une autre attaque.

— Je travaille dessus, patron, marmonna Melly. Je mets en place une alerte dans l'espace aérien pour tout aéronef non identifié qui s'approche trop près.

— Y compris les drones, ajouta Neville.

— Je veux que même les cerfs-volants soient abattus, gronda Arik en faisant les cent pas. Nous devons faire passer un message à ceux qui ont osé nous attaquer pour leur faire comprendre que ce genre d'incursion est inacceptable.

— Oui, patron.

Quand le roi prenait la parole, tout le monde répondait. Arik se tourna vers Neville.

— Quand souhaites-tu partir ?

— Dès que possible. Ne leur laissons pas le temps de se regrouper.

— Je vais faire préparer le jet immédiatement.

Luna, il va lui falloir une équipe de sécurité, ordonna Arik, mais Neville secoua la tête.

— Je ne veux pas qu'ils nous suivent.

— Il est hors de question que je t'envoie seul là-bas, dit le roi d'un ton ferme.

— Je ne serai pas seul. Je serai avec ma femme, qui est très compétente.

Le compliment parmi son peuple la réchauffa, notamment avec tous ces regards noirs dans sa direction.

— Et comment pouvons-nous savoir si elle n'est pas la raison pour laquelle nous avons soudain des problèmes ? demanda tante Loretta. Après tout, regarde qui est sa famille.

— Oh, si c'était mon père qui avait été derrière tout ça, il n'y aurait même plus de résidence. Il n'est pas du genre à faire dans la demi-mesure ou la subtilité, annonça Natasha.

— Tigranov n'aurait jamais rien fait qui puisse mettre sa fille en danger. Cette attaque est un message. Et je veux savoir ce qu'il signifie.

La réunion aurait pu continuer s'il n'y avait pas soudain eu toutes ces sonneries qui retentirent, faisant vibrer les téléphones portables.

Ne faisant pas partie de la boucle, Natasha se pencha vers l'écran de Kira, l'humaine.

Des flics à l'entrée de la résidence demandaient à entrer.

Apparemment, on les avait informés qu'un laboratoire servant à fabriquer de la drogue se trouvait au sous-sol.

Ils s'empressèrent d'enlever les cages et autres équipements de zoo qu'ils gardaient en bas pour d'éventuels problèmes liés aux métamorphes. Pendant que le clan s'occupait de convaincre les flics qu'ils ne trafiquaient rien de spécial, Neville et Natasha, ainsi que quelques bagages préparés à la hâte, étaient entassés dans une berline aux vitres teintées, en route pour une piste d'atterrissage privée.

Elle passa une bonne partie du voyage sur son téléphone. Elle envoyait des textos, ses doigts s'agitant dans tous les sens. Alors que Neville tentait de discuter avec elle, elle lui jeta un regard noir pour qu'il arrête. Elle n'était pas encore prête à lui parler.

Elle essayait encore de se faire à l'idée qu'elle avait accepté de rester mariée avec lui.

Mais à quoi pensait-elle ? Son père ne lui donnerait jamais sa bénédiction.

Babouchka mourrait probablement de honte à l'idée que Natasha épouse un hybride. Et la famille célèbrerait la disgrâce de la tsarine.

Son imbécile de mari ne voulait pas se taire.

— C'est moi ou c'était l'attaque la plus pathétique de tous les temps ?

— Je ne sais pas si je qualifierais ça de pathétique, mais ça a clairement attiré notre attention.

— Mais à quoi est-ce que ça a servi ? Ils ne cherchaient visiblement pas à nous faire de mal, sinon les balles auraient été réelles.

— Tu penses que c'était le même groupe que celui qui a posé une bombe chez toi ?

— Peut-être ? dit-il en haussant les épaules. Il est peu probable qu'il y ait deux groupes qui cherchent à nous tuer.

— Nous ? Tu ne veux pas plutôt dire toi ?

— À chaque fois, c'est arrivé quand nous étions tous les deux, souligna-t-il, l'air détendu dans la voiture, vêtu d'une chemise ample et d'un pantalon militaire confortable.

— C'est une coïncidence.

— Ah oui ? Je trouve ça étrange que nous ayons survécu à deux attaques sans être véritablement blessés. Des attaques assez audacieuses d'ailleurs. D'abord chez moi. Puis sur le territoire de mon Clan.

— Quelqu'un essaie peut-être de pousser le Clan à agir précipitamment ? suggéra-t-elle.

— Ma tante pense que leur but était de contrarier ton père.

— Je suis tout aussi mortelle quand je suis contrariée, grommela-t-elle.

— Et adorable aussi.

Elle lui jeta un regard noir.

— Ça, c'est un regard que j'adore, bébé.

Il lui fit un clin d'œil.

— Continue de paraître si désinvolte et tu n'auras bientôt plus à t'inquiéter de rencontrer mon père.

— Pourquoi redoutes-tu tant ce moment ? Tu as peur qu'il donne sa bénédiction ?

Sa remarque lui valut un rire sarcastique.

— Disons plutôt que je détesterais devoir tuer tes tantes quand elles s'en prendront à mon père pour te venger.

Son rire à lui s'avéra authentique.

— Je vois que nos repas de famille en vacances vont être intéressants.

— Sans blague. J'espère que t'as un estomac de fer, murmura-t-elle, car sa tante Rafaella pouvait avoir la main lourde sur les épices.

Surtout celles qui étaient toxiques.

Le trajet jusqu'à la piste d'atterrissage se déroula sans incident. Elle resta sur le qui-vive et malgré la nonchalance de Neville elle ne douta pas un instant que derrière cette insouciance il agirait en une fraction de seconde.

Elle ne savait toujours pas qui était la cible entre eux deux. Il était facile de supposer que c'était son mari, mais si elle se trompait ? Et si les attaques étaient dirigées contre elle ?

Le jet les attendait sur la piste privée, peint d'une couleur dorée avec le logo du Groupe du Clan en noir sur la queue de l'avion.

Elle n'arrivait toujours pas à croire qu'elle avait accepté cette idée folle de rester mariée et d'aller à l'encontre des souhaits de sa famille. Avant de grimper les marches, elle se tourna vers lui et décida de lui donner un dernier avertissement.

— Tu es sûr qu'on devrait faire ça ? Il n'est pas trop tard pour signer les papiers du divorce.

— J'ai peut-être parfois du mal à choisir quel parfum de glace je veux pour le dessert, je veux dire, doit-on vraiment choisir entre menthe chocolat et caramel ? Mais sur ce point, je suis sûr à cent pour cent. Allons rencontrer ta famille.

Elle secoua la tête.

— T'as pas intérêt à rejeter la faute sur moi si

tu termines coupé en petits morceaux et qu'on te donne à manger aux cochons.

— Ne t'inquiète pas pour moi, bébé.

Bébé. Argh. Elle avait une relation amourhaine avec ce surnom.

D'un côté, c'était dégradant pour elle en tant que femme. Elle n'était pas une enfant. Elle était une tueuse, une femme d'affaires, forte et qui n'avait certainement pas besoin d'un gardien. Mais de l'autre côté, Neville savait tout cela et la voyait quand même comme une femme et la traitait comme si elle était la créature la plus sexy qu'il ait jamais vue.

Elle aimait plutôt bien cette partie-là.

Ce qu'elle n'aimait pas, c'était la façon dont toutes ces garces le dévoraient des yeux partout où ils allaient. D'abord sur le rooftop, puis dans le hall quand ils étaient descendus. Ces mêmes filles, plus quelques autres, se prélassaient et les avaient regardés, certaines avec un intérêt évident pendant que d'autres jetaient des regards noirs à Natasha.

Quand Neville ne regardait pas, elle leur avait fait des gestes grossiers, leur faisant comprendre qu'il était à elle. Pour le moment.

Malgré ses fanfaronnades, Papa le tuerait. Et s'il ne le faisait pas, Babouchka s'en chargerait. Les jours de Neville étaient comptés, ce qui, dans un sens, lui permettait de se détendre suffisamment pour se rendre compte qu'elle n'avait rien à perdre.

Sauf peut-être l'occasion de prendre du plaisir.

Ils montèrent à bord de l'appareil et son mari ferma les portes. Le pilote était déjà enfermé dans le cockpit, s'occupant de faire des annonces.

— L'avion partira pour l'Italie dans dix minutes. Veuillez attacher vos ceintures.

Elle observa Neville.

— L'Italie ? Je croyais qu'on allait rejoindre ma famille. Mon père habite actuellement à Saint-Pétersbourg.

— Mais tu n'as pas dit que ton enterrement de vie de jeune fille avait lieu demain soir ?

— Oui, mais je comptais l'annuler puisque le mariage n'aura pas lieu.

— Tu n'as pas intérêt, et ne fais rien pour annuler la cérémonie non plus. La première fois que nous nous sommes mariés, nous l'avons fait rapidement sans personne d'autre que Lawrence. Il n'y a pas de raison qu'on ne puisse pas faire de grande cérémonie pour tes amis et ta famille.

Elle lui tapota la joue.

— Ton optimisme à l'idée de survivre aussi longtemps est assez mignon.

Il prit sa main et la tint contre sa peau.

— Je compte vivre jusqu'à un âge avancé avec toi, bébé.

Et voilà que son rythme cardiaque s'accélérait encore. Il battait la chamade à chaque fois qu'il lui souriait, lui tenait la main ou existait tout simplement. Tellement agaçant.

De tous les sièges libres, évidemment, il choisit celui à côté d'elle.

Elle attendit qu'il fasse le premier pas. Au lieu de ça, gardant sa main dans la sienne, il laissa retomber sa tête en arrière et s'endormit.

Il ne ronfla pas ni ne tomba sur elle en bavant pendant qu'il somnolait. Mais il fit une bonne sieste.

Elle, en revanche, était bien éveillée. Elle n'arrêtait pas d'imaginer divers scénarios dans sa tête, se demandant comment elle allait présenter son mari.

À chaque fois, elle terminait veuve.

Elle le regarda.

C'était dommage de perdre le peu de temps qu'il lui restait.

Elle s'assit sur ses genoux, le chevauchant et il grogna :

— Qu'est-ce que tu fais ?

— Je consomme notre nuit de noces.

Elle commença à déboutonner sa chemise et quand celle-ci refusa de coopérer, elle l'arracha.

— J'aimais bien cette chemise, lui fit-il remarquer.

— Alors tu aurais dû l'enlever avant que je n'aie à le faire.

Son torse trembla alors qu'il gloussait.

— T'es impatiente ?

— Je suis surtout excitée, dit-elle avec honnêteté.

— Tu n'aurais pas pu me dire ça quelques heures plus tôt quand nous avions un lit à portée de main ? grogna-t-il, ses mains sur sa taille.

— Les sièges peuvent être inclinés.

— Nous ne sommes pas vraiment seuls.

— Le pilote est occupé avec l'avion. S'il tient à sa vie, il ne vaut mieux pas qu'il s'arrête.

— Je le tuerai, s'il essaie, répondit-il.

— Seulement une fois qu'on aura atterri si ça ne te dérange pas.

Arriver en vie. Un mantra à suivre.

Elle leva son haut, révélant un soutien-gorge demi-buste avec ses tétons qui durcirent face à son regard ardent. Elle jeta son haut sur le côté.

Ce qui la laissait en soutien-gorge avec un

legging qui moulait ses formes et lui permettait de s'asseoir à califourchon sur lui, sentant la bosse dure sous son pantalon.

Elle se frotta contre celle-ci et il siffla :

— Tu comptes enlever ça aussi ?

— Peut-être, ronronna-t-elle avant de prendre sa bouche dans un baiser torride.

Si elle pensait pouvoir contrôler ce qui se passerait ensuite, elle avait tort. Il prit immédiatement le contrôle de leur étreinte, amadouant ses lèvres pour qu'elles s'entrouvrent, entremêlant leurs langues pour un duel, cherchant à la dominer. La chair glissa contre la chair, attisant cette chaleur en elle.

Elle se serra contre lui pendant qu'ils s'embrassaient et ses mains agrippèrent fermement ses hanches.

— T'es toujours aussi sexy putain, grogna-t-il.

— Même si je suis une menteuse ? le nargua-t-elle, soufflant chaudement contre sa bouche.

— Tu me crois si je te dis que ça te rend encore plus sexy ?

Il l'embrassa à nouveau, cette fois-ci dans une étreinte lente et sensuelle qui lui fit enfoncer les doigts dans ses épaules. Elle se tortilla sur lui, se frottant contre le bout dur de son érection qui se voyait malgré son pantalon.

Se penchant en arrière quelques secondes, elle défit son soutien-gorge, et le jeta.

Elle se présenta nue devant lui et se délecta de l'ardeur dans son regard.

Elle se cambra et lui présenta ses seins. Il n'eut pas besoin d'une autre invitation. Avec un bras autour de sa taille, il se pencha en avant et plaça sa bouche sur son téton.

— Oui, siffla-t-elle alors que la pression de sa bouche contre sa poitrine lui faisait contracter l'entre-jambes.

Elle se tortilla et haleta pendant qu'il suçait son mamelon, prenant directement son sein dans sa bouche. Il fit tournoyer sa langue autour. Le mordilla. Le suça.

Elle miaula. Gémit. Elle rebondit sur ses genoux. Cria quand il changea de sein. Elle appréciait chaque seconde qu'il passait à jouer avec sa poitrine, les taquinant tour à tour jusqu'à ce qu'elle ne puisse plus en supporter davantage.

Elle s'écarta.

— À mon tour.

Il n'était pas le seul à vouloir jouer.

Elle glissa de ses genoux et attrapa la ceinture

de son pantalon. Il souleva ses hanches alors qu'elle tirait dessus et le baissait, le laissant vêtu d'un caleçon sombre qui se gonflait à cause de son érection.

Elle mit ses mains derrière son dos et se pencha en avant, se servant de ses dents pour retirer le tissu qui restait. Elle tira dessus et libéra son sexe. Il était au garde-à-vous, épais et tentant.

Elle le lécha et il souffla.

Son corps entier trembla.

Oh, ce pouvoir qu'elle avait.

— Ne bouge pas, l'avertit-elle alors qu'elle effleurait la peau de son sexe soyeux avec ses dents.

Il trembla.

Elle le suça et il gémit.

Lorsqu'il essaya d'attraper ses cheveux, elle grogna :

— C'est moi qui ai le contrôle.

Il grogna en retour :

— Et moi je vais perdre le contrôle si tu ne t'arrêtes pas.

Son rire vibra contre la chair de son membre alors qu'elle le prenait dans sa bouche. La goutte salée perlant au bout parfuma sa gorge alors qu'elle avalait. Comme elle aimait le sentir dans sa bouche. Elle fit glisser ses lèvres de bas en haut, le long de sa peau sensible, goûtant chaque centimètre de sa peau. Il pulsa et trembla alors qu'elle le suçait. Son souffle devint erratique pendant qu'elle montait et descendait.

Elle aurait pu le faire jouir dans sa bouche. Mais elle voulait plus que ça. Elle avait besoin de l'avoir en elle. Elle désirait cet orgasme qu'elle ne pourrait avoir qu'en sentant son sexe contre son point sensible. Elle enleva rapidement son legging, puis le chevaucha à nouveau, se positionnant au-dessus de sa queue. Il avait les mains sur ses hanches, mais il ne la guida pas. Il la laissa choisir le rythme et elle choisit un rythme lent, descendant progressivement sur son sexe. Il l'étira comme il fallait. Elle enfonça ses doigts dans son torse alors qu'il la pénétrait profondément. Encore et encore jusqu'à ce qu'il arrive au bout. Pulsant en elle.

Oh, mon Dieu.

Toujours sans se presser, elle bougea les hanches, se frottant contre lui, le sentant cogner contre son point sensible.

Les mains sur ses hanches l'aidèrent à trouver un rythme, un mouvement qui se balançait et roulait. Un frottement qui accentua son plaisir, l'entraînant de plus en plus haut jusqu'à ce qu'elle atteigne le sommet.

Et elle aurait pu crier, mais il plaqua sa bouche contre la sienne, l'embrassant alors que ses hanches continuaient d'aller d'avant en arrière, la pénétrant, faisant durer son orgasme jusqu'à ce qu'elle s'effondre sur lui avec un gémissement satisfait.

Elle finit par rouler sur le siège à côté de lui – du moins elle essaya.

Au lieu de ça, elle finit sur ses genoux, blottie dans ses bras. Il tira une couverture disponible sur elle.

— Je ferais mieux de m'habiller.

— Plus tard.

Un bon conseil étant donné qu'ils firent l'amour deux fois de plus, la dernière fois avec les mains contre le siège alors qu'il la pénétrait par-derrière. Ses doigts enfoncés dans ses hanches, la martelant jusqu'à ce qu'il jouisse en grognant :

— La mienne.

Et elle s'autorisa à apprécier l'idée jusqu'à ce qu'ils atterrissent et que la réalité la rattrape.

CHAPITRE DIX

En faisant l'amour dans un avion, il avait réalisé un de ses fantasmes. Si seulement son épouse n'avait pas l'air d'être sur le point d'assister à un enterrement. À savoir le sien.

Durant le trajet en taxi jusqu'à leur hôtel, ils ne dirent pas un mot. Natasha essayait de cacher son anxiété, mais se trahissait à chaque fois qu'elle le regardait, se mordillant la lèvre inférieure. Elle se faisait du souci pour lui, lui indiquant qu'il comptait pour elle – plus que ce qu'elle voulait bien admettre. Elle s'adoucissait lentement mais sûrement. Bon sang, dans l'avion il l'avait totalement fait fondre.

Elle l'avait séduit, mais cela ne comptait pas, car elle était persuadée qu'il allait mourir dès l'instant où elle annoncerait à sa famille qu'ils étaient en couple.

Elle était loin de se douter qu'ils essayaient de le tuer depuis des mois. Du moins, il supposait que c'était sa famille qui envoyait tous ces voyous, puisque cela avait commencé peu de temps après qu'il ait commencé à s'intéresser à son épouse fourbe.

La première attaque ressemblait à une agression. Le voyou qui avait bondi d'une ruelle en portant un masque de ski et en brandissant un couteau. C'était une tentative de meurtre assez insultante d'ailleurs. Il l'avait rapidement désarmé, mais les attaques avaient continué.

Il avait d'abord essayé d'y aller doucement. Il mordait ceux qui avaient essayé de lui tendre une embuscade. Celui qui l'avait traqué avait été arrêté sur mandat d'arrêt. Les attaques étaient devenues de plus en plus audacieuses et intenses, notamment avec l'empoisonnement de l'eau de sa piscine, ce qui était brillant, il devait le reconnaître. Déposer les produits chimiques grâce à un drone était coup de génie. Le problème, c'est qu'il avait pu le sentir. Il avait mis en place des mesures contre les futures tentatives et s'était enfin mis à chercher sérieusement qui était derrière ces attaques. Il était revenu les mains vides. Ceux qui recrutaient les humains le faisaient sous le sceau du secret. C'était très impressionnant. Il fallait avoir beaucoup d'argent et être très malin pour être si discret. Et un mafieux pouvait avoir ce genre de pouvoir.

Mais Sergeii aurait-il pu mettre sa fille en danger ? Certes, les balles en caoutchouc ne pouvaient pas tuer, mais elles faisaient mal, sans oublier qu'un accident pouvait toujours arriver. Il avait trouvé intéressant de relever que la dernière attaque avait été la moins dangereuse. En revanche, l'explosion de sa cabane aurait pu la blesser grièvement.

Si ce n'était pas le père de Natasha, qui d'autre pourrait vouloir s'en prendre à lui ? Après tout, en attaquant Dean, on provoquait aussi le Clan.

Arik avait beau parfois être facile à vivre, quand il était question de la sécurité de son peuple et du soin de ses cheveux, il ne plaisantait pas.

Il serait intéressant de voir si les attaques cessaient maintenant que Natasha était impliquée. Ou bien devrait-il rencontrer son père pour mettre fin à tout ça ?

D'une façon ou d'une autre, il fallait que cela s'arrête. C'était une chose que de menacer Dean.

Mais ils étaient allés trop loin en manquant de blesser Natasha.

Ils arrivèrent à l'hôtel sans encombre et il paya pour leur chambre, puis ils montèrent à l'avant-dernier étage par l'ascenseur. Mais au lieu d'entrer dans leur chambre, il entraîna Natasha par une porte et ils prirent les escaliers.

— Pourquoi est-ce qu'on redescend ?

— Pour brouiller les pistes, évidemment.

Ils descendirent les nombreuses marches et sortirent dans une allée par la porte de secours.

— Où allons-nous ? demanda-t-elle en regardant autour d'elle, gardant un œil sur tout. Au moins maintenant elle n'était plus bouche bée.

— Nous allons rester en dehors des sentiers battus. Dans un lieu que je suis le seul à connaître.

— Attends, pourquoi est-ce que l'on s'en va si tu penses qu'ils vont attaquer l'hôtel ? Je croyais qu'on voulait les attraper, dit-elle, regardant le grand bâtiment luxueux qu'ils laissaient derrière eux.

— Nous les attraperons, mais je pense que cela devrait se faire sous nos conditions et dans un endroit où il y a moins de chance que quelqu'un sorte son téléphone pour filmer.

Il les fit passer par plusieurs allées, des odeurs

de cuisine émanaient de la plupart d'entre elles et celles-ci masqueraient la leur si des métamorphes essayaient de les suivre.

Ils n'eurent pas besoin de héler un taxi pour arriver à leur destination. Ils ne marchèrent qu'un quart d'heure jusqu'à la maison en question, la façade était faite de vieilles pierres, coincée entre d'autres bâtiments similaires, dans un vieux quartier de la ville. Le clavier près de la porte, peint d'un noir brillant et garni de bronze, émit un bip lorsque Dean entra le code pour la déverrouiller. *Clic.* Il ouvrit l'épais panneau avant de se retourner et de la prendre dans ses bras.

— Mais qu'est-ce que tu fais ? s'exclama-t-elle.

— N'est-ce pas la tradition de porter sa nouvelle épouse par-dessus le seuil de la porte ?

— Seulement celui de notre maison.

— Mais nous n'avons pas encore de maison. Est-ce qu'on va vivre chez moi ? Chez toi ? Et puis, d'après mes notes, tu passes plus de temps dans ta maison familiale que dans l'appartement que tu as à Milan.

— Vivre ensemble ? dit-elle d'un air perplexe.

— C'est ce que font les couples mariés.

Elle fronça le nez.

— Je n'y ai jamais vraiment pensé.

— Pas même pour Simon ?

Il fit de son mieux pour ne pas ricaner. Dire qu'elle avait envisagé de le remplacer par cette mauviette.

— Nous avions convenu à l'avance que nous pourrions continuer à vivre comme nous l'entendions. Avec bien sûr la possibilité de venir se rendre visite. En prévenant bien sûr.

— Ça ressemble plus à un arrangement commercial qu'à un mariage.

— Le mariage c'est les affaires. C'est une transaction.

Il secoua la tête.

— T'es pas sérieuse. Le mariage c'est surtout deux personnes qui veulent passer du temps ensemble. Devenir les meilleurs amis du monde. Des partenaires. Et des amants.

Natasha le regarda fixement.

— Si c'est ce que tu crois, alors pourquoi n'as-tu pas signé les papiers ? Nous ne sommes rien de tout ça.

— Ah bon ? dit-il en haussant les sourcils. J'aime passer du temps avec toi. Nous sommes déjà amants. Et nous voilà associés pour résoudre un mystère.

— Je...

Elle fronça les sourcils avant de dire, d'un ton grognon :

— Nous ne sommes pas amis.

— Ah non ? Pourtant j'ai confiance en toi, je sais que tu ne me tireras pas une balle dans le dos ni pendant mon sommeil.

— Eh ben, si c'est ça tes critères d'amitié, ils sont peu exigeants.

Sa remarque le fit rire.

— Je t'ai déjà dit à quel point j'admire ton sens de l'humour ?

— Ça s'appelle du sarcasme.

— Et tu es plutôt douée pour ça.

— Imbécile, dit-elle avec douceur.

Elle lui donna un petit coup sur le torse.

— Tu peux me reposer maintenant.

— Si tu insistes.

Il la reposa par terre, ferma la porte tout en gardant un bras enroulé autour de sa taille.

Elle pencha la tête en arrière pour jeter un coup d'œil à la voûte au plafond.

— C'est mignon ici.

Les murs étaient un mélange de pierres sur la façade, de briques à l'intérieur avec des sections recouvertes de plâtre gratté à la main. Des boiseries épaisses cachaient la plupart des câbles électriques modernes qui traversaient la maison. Les sols, des dalles de pierre pour le premier étage et des planches de bois pour le niveau supérieur, étaient recouverts d'un épais tapis, un motif tissé aux tons rouge et or. Les œuvres d'art sur les murs étaient tout aussi vives et contrastaient avec le mobilier sombre : un canapé aux coussins moelleux, quelques fauteuils larges et un service de table avec six chaises à dossier droit.

Il la guida dans le salon et lui dit :

— Cette maison appartient à un de mes amis.

— Ce qui veut dire que quelqu'un sait que nous sommes là.

Il secoua la tête.

— Mon ami est actuellement en Amérique du Sud et le sera pour les quatre prochaines semaines.

— Et il se trouve que tu savais comment entrer.

— Tu comptes vraiment discuter alors que ça nous arrange ?

— Quel genre de sécurité a cet endroit ?

— Le genre qui nous prévient si quelqu'un arrive. Il y a également des armes cachées dans chaque pièce. Je ne vais pas te les pointer du doigt, ce serait insultant pour toi.

Il avait déjà remarqué à quel point elle observait tout autour d'eux.

— Tu te rends bien compte que s'ils ne nous retrouvent pas, ils attendront l'EVJ de ce soir.

— En supposant que c'est toi qu'ils veulent. J'imagine qu'on le saura très vite en allant chacun à notre soirée.

— Tu comptes faire quelque chose en public pour savoir si c'est toi qui es populaire ?

Il l'attira plus près.

— Je vais être tellement visible que ce serait idiot de ne pas le tenter.

— Sans aucun renfort ?

— T'es en train de dire que je ne suis pas capable de me défendre tout seul ?

— J'ai sauvé tes fesses les deux dernières fois où nous nous sommes fait attaquer.

— Parce qu'elles sont mignonnes, n'est-ce pas ?

Il serra les siennes dans ses mains.

— Elles sont passables, dit-elle en faisant un geste de la main qui voulait dire « Mouais ».

— Bébé, je suis vexé.

— Je suis sûre que ton ego s'en remettra.

Elle s'écarta de lui et commença à explorer tout le rez-de-chaussée, jetant même un coup d'œil par la porte arrière pour vérifier la cour qui était fermée.

— Qui possède les maisons qui bordent notre

oasis ? demanda-t-elle en pointant du doigt les fenêtres de celles-ci.

— Des humains. Donc pas de bain de soleil à poil.

Et par là, il voulait dire pas avec sa fourrure.

Une fois sa curiosité satisfaite, elle monta les escaliers. Elle examina chaque pièce, y compris les placards, faisant preuve d'une grande perspicacité pour trouver où étaient cachés les différents fusils et couteaux. L'épée d'un mètre vingt avec son bout tranchant comme un rasoir était dissimulée à la vue de tous, nichée dans des supports au-dessus du lit des invités.

Natasha se jeta sur le matelas en soupirant.

— Sympa comme endroit. J'espère que personne ne le fera exploser.

Dean aussi l'espérait. Il tapa des mains et les frotta.

— Tu as faim ? Parce que moi je meurs d'envie de manger des pâtes fraiches.

— Je mangerais bien un bout, oui.

Il enleva sa chemise et contracta ses muscles, lorsqu'il la vit le regarder.

Elle mit un bras derrière la tête et ferma les yeux à moitié.

— Tu ne voulais pas manger ?

— Je ne sais pas toi, mais je préfèrerais prendre une douche avant de toucher quoi que ce soit.

Son pantalon tomba par terre et son regard descendit plus bas.

— Tu veux me rejoindre ?

Il entra dans la salle de bain, une pièce à la fois moderne et rétro avec le réservoir d'eau des toilettes en hauteur d'où pendait une chaîne. Au-dessus se trouvait un autre bidon pour le chauffe-eau électrique.

La douche crachota avant de laisser couler un jet d'eau froide. Il tendit la main sous l'eau en attendant que celle-ci se réchauffe. Il leva la tête vers le jet et ne bougea pas immédiatement lorsqu'elle le rejoignit, son corps nu pressé contre son dos.

La mienne. C'était possessif, mais il ne pouvait pas s'en empêcher. Comment pouvait-elle ne pas voir à quel point ils étaient parfaits l'un pour l'autre ?

Il l'attira pour un baiser qui dura longtemps sous le jet chaud de la douche. Ils haletèrent de plaisir en se savonnant. Quand il la retourna pour qu'elle lui tourne le dos, elle plaqua ses mains contre le carrelage et inclina ses fesses vers lui.

Elle gémit alors qu'il la pénétrait lentement par-derrière.

Il avait envie de sentir chaque centimètre de son sexe étroit. Il gémit en sentant sa chair brûlante pulser autour de lui. Elle remua les hanches, s'enfonçant plus profondément sur lui. Puis, elle le provoqua.

— Tu comptes rester immobile toute la journée ou me faire jouir ?

Oh si, il la ferait jouir. Il lui donnerait un orgasme si puissant, si intense, qu'elle ne pourrait plus marcher normalement ensuite.

Dedans. Dehors. Il se mit à la pénétrer, d'avant en arrière, glissant dans son sexe accueillant. Il la tint par les hanches et la martela encore et encore, la sentant se crisper autour de lui. Il entendait sa respiration qui devenait irrégulière.

Quand il sentit qu'il allait bientôt basculer, il tendit la main vers son clitoris et le frotta. Il tourna son doigt autour tout en continuant de la pénétrer. Cette fois-ci, lorsqu'elle jouit, elle put crier aussi fort qu'elle le voulait.

Il se délecta de son plaisir et sentit son propre corps se crisper en retour. Quand elle eut un deuxième orgasme, il la rejoignit.

Il la pénétra bien fort et grogna :

— La mienne.

Quand ils cessèrent tous les deux de frissonner, il la retourna vers lui et la serra dans ses bras.

Il aurait pu la tenir comme ça pour toujours si son estomac n'avait pas grondé et si elle n'avait pas grommelé :

— Je suis mariée à un chef cuisinier et pourtant je meurs de faim.

Il éclata de rire.

— Désolé, chère épouse. Laisse-moi arranger ça.

Il sortit de la douche, s'essuya avec une serviette et descendit.

Elle l'appela.

— Attends, je crois que t'as oublié un truc.

Il tourna la tête vers elle.

— J'ai tout ce qu'il me faut dans la cuisine.

— Et ton pantalon ? souligna-t-elle.

Il sourit.

— Je préfère cuisiner nu. Rejoins-moi dans la cuisine si tu veux regarder.

Elle descendit sans rien porter du tout, pour son plus grand plaisir et pour la première fois depuis qu'il avait commencé la cuisine, il brûla quelque chose. Mais ça valait le coup de la voir pleine de désir et les joues rouges sur le comptoir.

Comme il avait à peine réussi à préparer un repas et qu'il l'avait gâché, ils finirent par commander. Ce fut après qu'ils se soient rempli l'estomac, que le téléphone de Natasha sonna et que son sourire s'effaça.

— Qu'est-ce qu'il y a ? demanda-t-il, prêt à plonger sur la table et attraper son téléphone pour tuer la personne qui lui avait arraché son sourire.

— C'est Simon.

— Je vois.

Il ne dit rien mais prit la serviette posée sur ses genoux et la plia avant de la poser sur la table.

— Je ferais mieux de répondre.

Elle répondit à l'appel dehors, sur le balcon et il résista à la tentation d'écouter. Quand elle revint, elle parut déconcertée.

— Tout va bien ? demanda-t-il.

— J'imagine. J'ai dit à Simon que le mariage était annulé.

— Comment l'a-t-il pris ?

Parce qu'il savait comment lui aurait réagi et qu'une fois qu'il aurait terminé, il lui aurait fallu un avocat et assez d'argent pour la caution.

— Poliment. Il m'a dit qu'il comprenait que j'étais dans une position difficile, qu'il respectait mon honnêteté et qu'il nous souhaitait bonne chance pour notre mariage.

— C'est plutôt une bonne chose.

Elle grimaça.

— Je pense qu'il ment.

— Tu crois ? Peut-être qu'il n'avait pas vraiment envie de se marier non plus et que tu lui as donné le coup de pouce dont il avait besoin.

— Je ne sais pas, dit-elle en regardant son téléphone d'un air sceptique.

— Que te dit ton intuition ?

— Qu'il s'attendait à ce que je l'annule. Il ne paraissait absolument pas surpris. Il n'a même pas discuté.

— Tu veux que j'aille lui rendre visite ? Que j'aille découvrir s'il cache quelque chose ?

Sa proposition la fit sursauter.

— Non. Bien sûr que non. Il n'est même pas dans le coin en plus.

— Si jamais tu changes d'avis…

Elle secoua la tête.

— Je m'imagine probablement des choses.

Mais son inquiétude s'avéra contagieuse et le sexe – dans le lit, sur le comptoir de la cuisine ou dans la douche – ne fit rien pour l'atténuer. Même si, à chaque fois qu'il s'enfonçait en elle, il s'abandonnait.

Il était prêt à rugir son affection devant le monde entier, à lui donner la plus belle de toutes les morsures.

Elle, en revanche, restait convaincue qu'après leur séjour en Italie, lorsqu'ils iraient en Russie pour rencontrer sa famille, tout ça prendrait fin.

C'est probablement pour ça qu'il l'embrassa intensément lorsque le taxi arriva devant la boîte où elle allait fêter son EVJF.

— Ne t'amuse pas trop sans moi, bébé, souffla-t-il contre ses lèvres.

— Essaie de rester en vie, répondit-elle en sortant.

Il avait bien l'intention de vivre très, très longtemps. Avec son épouse. Il se pencha en avant et dit au chauffeur de taxi :

— Emmenez-moi au...

Soudain, les portières s'ouvrirent de chaque côté et des silhouettes se faufilèrent au moment où l'homme assis devant se retournait en souriant.

— Surprise !

CHAPITRE ONZE

En entrant dans la boîte, elle dut reconnaître qu'elle avait été surprise que Neville ne l'ait pas accompagnée. D'habitude, il était plutôt du genre protecteur. Pourtant, il ne l'avait pas accompagnée à l'intérieur pour s'assurer que l'endroit était sécurisé.

Mais avant même d'entendre : « Tiens tiens, voilà la grosse vache rayée qui a piégé notre neveu » elle comprit pourquoi. Il savait que ses tantes seraient là.

Elle allait vraiment le tuer.

Natasha se retourna et sourit à sa tante, Marni.

— Vous devriez arrêter d'être aussi jalouse. Ce genre *d'amour* – et oui, elle imita des guillemets avec ses doigts – est illégal en Italie.

Marni pinça les lèvres.

— Tu es sacrément insolente.

— Je crois que tu veux plutôt dire que je ne me laisse pas marcher dessus.

— Il aurait pu faire pire, déclara Tante Loretta de l'autre côté. Au moins, c'est une princesse.

— Vous avez oublié qui est son père ou quoi ? souffla Tante Kari.

— Non. Je me demande s'il a de bons plans pour des vins italiens bon marché pas chers, dit Marni qui réfléchissait à voix haute.

— Du vin. Des cigares. De la chasse illégale. Nous sommes polyvalents et toujours ouverts à de nouvelles perspectives.

— Comme quoi ?

Les lionnes la regardèrent toutes. Elles lui rappelaient ses proches. Perspicaces, dures et très tournés vers la famille.

— Les produits capillaires. En ce moment, le marché se fait tuer par les tarifs douaniers. Quel gourmand ce gouvernement. Imaginez si l'on pouvait contourner ces règles pénibles.

Marni sourit, dévoilant bien trop de dents et passa un bras autour de ses épaules.

— Je crois que nous allons bien nous entendre.

— Même si je ne suis qu'une grosse vache rayée ?

— C'est un compliment, déclara Loretta. Ça veut dire que tu as les hanches assez larges pour un bébé.

Ce qui suffit à lui clouer le bec. Elle et Neville avec un bébé ? Elle pouvait difficilement l'imaginer et c'est probablement pour ça qu'elle but plus que ce qu'elle n'aurait dû.

Mais elle était avec ses amies. Non seulement les trois tantes la surveillaient, mais elles avaient aussi amené quelques connasses de renom avec elles, notamment Melly, Luna et Stacey. Puis les propres amies de Natasha arrivèrent, la plupart avec Ana, son amie danseuse dont le sang était si dilué qu'elle n'avait hérité que de la grâce féline. Puis, il y avait ses cousines, Sasha et Pietra. Et deux autres amis du lycée, Bianka et Kloey.

À elles toutes, elles écoulèrent une quantité ridicule d'alcool, traumatisèrent les strip-teaseurs, étant donné qu'elles n'étaient pas vraiment timides, et dansèrent.

Il convient de noter qu'aucune d'entre elles ne fut réellement ivre. Les boissons coupées à l'eau que l'on servait dans ce genre d'endroit les firent à peine planer. Non pas que ça ait de l'importance. Personne ne l'attaqua.

Ils fermèrent le club et les tantes l'escortèrent ensuite jusqu'à leur maison secrète qui était tout éclairée et remplie d'inconnus.

OK, ce n'était pas tous des inconnus. Elle reconnut Lawrence quand il se détourna de l'ordinateur portable sur lequel travaillait un type sur la table de la cuisine.

— Qu'est-ce qui se passe ? demanda-t-elle. Où est Neville ?

Car en regardant autour d'elle, elle ne vit aucune chevelure rayée.

— Qui est Neville ? demanda quelqu'un avant de se recroqueviller sous son regard assassin.

— Eh bien, il se peut que nous ayons perdu la trace de ton mari..., commença Lawrence en s'avançant vers elle, les mains écartées en signe d'excuse.

Elle ne dit pas un mot alors que les tantes de Neville s'approchaient.

— Pardon. Tu viens de dire que tu as perdu mon neveu ? demanda doucement Tante Marni.

— Nous ne l'avons pas vraiment perdu. Il s'avère qu'il a peut-être été kidnappé.

— Quoi ?!

Marni souleva Lawrence dans les airs, ce qui était assez impressionnant étant donné qu'il était plus grand et costaud qu'elle.

Les autres mâles dans la pièce prirent note, mais personne ne vint à sa rescousse, probablement parce que Loretta et Kari les en dissuadaient en leur jetant des regards noirs.

Natasha commençait vraiment à apprécier ces femmes.

Elle s'approcha de Lawrence, un couteau dans la main.

— T'as intérêt à m'expliquer, rapidement, comment vous avez fait pour perdre la trace de mon mari. Avant que quelqu'un ne soit blessé.

— Quand on a entendu ce qui se passait, nous avons été plusieurs à prendre l'avion pour lui organiser un EVG.

— Sans le prévenir ? demanda-t-elle.

— C'était une surprise, expliqua Lawrence. Jeoff là-bas portait de l'eau de Cologne pour cacher son odeur ainsi qu'une perruque et un chapeau.

Un homme aux cheveux bruns et courts la salua. Il lui fallut quelques minutes pour reconnaître leur chauffeur de tout à l'heure.

— Heureusement qu'il était distrait, sinon ça n'aurait jamais marché, déclara Jeoff. T'aurais vu sa tête quand je me suis retourné sur le siège conducteur.

Lawrence prit le relais.

— Nous lui avons dit qu'on le kidnappait et l'avons emmené dans un bar.

— Avec des strip-teaseuses ? devina-t-elle.

— On essayait juste d'être authentiques.

Lawrence haussa les épaules et Marni soupira en le reposant par terre.

— Il n'est pas resté, n'est-ce pas ? prédit sa tante.

— Non. Dès l'instant où il a vu tous ces seins nus s'agiter dans tous les sens, il est sorti de là comme s'il avait vu un fantôme.

— Les seins ne lui font pas peur, dit Natasha avant de rougir une fois que plusieurs regards se tournèrent vers elle.

Elle leva le menton.

— Je suis certaine qu'il avait une autre raison de le faire, ajouta-t-elle.

Ce fut Tante Loretta qui expliqua pourquoi.

— Sa mère était une danseuse exotique. C'est comme ça que notre frère, Manifred, l'a rencontrée.

— Et désormais, toutes les strip-teaseuses lui font penser à sa mère, conclut Natasha.

— Alors où est-il parti et pourquoi ne l'avez-vous pas suivi ?

— Mais nous l'avons suivi. De là nous sommes allés dans une salle de billard. Nous avons joué plusieurs fois. Il est parti pisser après quelques parties.

— Seul ? demanda Natasha.

Lawrence secoua la tête.

— J'étais avec lui. Mais je me suis laissé distraire.

— Une fille a secoué ses seins devant lui, marmonna l'homme qui ramenait un bol de chips de la cuisine.

— Et maintenant, mon mari a disparu, dit-elle en posant les mains sur ses hanches. C'est inacceptable. Il faut qu'on le retrouve. Tout de suite.

— Si ça peut te consoler, nous ne pensons pas que quelqu'un l'a enlevé.

— Tu as dit tout à l'heure que tu pensais que quelqu'un l'avait kidnappé, soupira-t-elle. Pourquoi se serait-il enfui... ?

Elle se tut.

— Il est parti voir quelqu'un.

— Qui ?

Vu qu'il insistait soudain pour respecter les traditions, elle avait déjà une idée.

Elle regarda son smartphone et un moment plus tard, elle composa un numéro. Trois sonneries retentirent avant que quelqu'un ne réponde.

— Tasha, ma fille chérie. Comment s'est passé ton enterrement de vie de jeune fille ?

— Très bien Papa. C'est toi qui l'as ?

— Qui a quoi ? demanda-t-il bien trop doucement.

— Est-ce que tu as mon mari ?

— Ne dis pas de bêtise, Tasha. Comment pourrais-je avoir ton mari alors que vous n'êtes pas censés vous marier avant une semaine ? À moins que tu ne parles de ton *autre* mari ? Celui que tu n'as pas mentionné ?

Elle sentit son estomac se nouer.

— J'allais t'expliquer.

— Pas besoin. Je sais déjà tout. Ne t'inquiète pas, j'ai parlé à Simon et j'ai réglé ce malentendu entre vous deux.

— Tu as fait quoi ? Je lui ai déjà parlé. Il a accepté que j'annule le mariage.

— Mais ça, c'était parce qu'il pensait que tu étais déjà mariée. Un problème que je suis sur le point de résoudre.

— Papa ! l'avertit-elle. Je t'interdis de faire du mal à mon mari.

Au lieu de lui répondre, son père, le tsar de la Mafia Russe du Tigre de Sibérie, raccrocha. Elle balança son téléphone, assez fort pour qu'il se brise sur le mur de briques.

— Les nouvelles sont mauvaises ? demanda Lawrence avec précaution.

— Mon père détient Neville.

Et avait plus ou moins admis qu'il allait le tuer.

CHAPITRE DOUZE

Se réveiller attaché à un mur n'était pas vraiment ce qu'avait imaginé Dean en pensant passer un bon moment. D'autant plus qu'on lui balança un seau d'eau glacée sur la tête avant de grogner :

— Arrête de m'ignorer le tigre !

— En fait c'est tigron, dit-il d'une voix traînante, reprenant suffisamment ses esprits pour regarder autour de lui.

Des vieilles pierres, des plafonds bas et des ampoules nues. Il semblait être dans un sous-sol et l'homme en face de lui, vêtu d'un pull épais, avec des cheveux gris et qui lui jetait un regard noir, ne pouvait être qu'une seule personne.

— Vous devez être le père de Natasha. Je vous

serrerais bien la main, mais il s'avère que je suis attaché.

Il se sentait aussi un peu bête. Quand il avait concocté ce plan, probablement au moment où le sang n'affluait plus très bien à son cerveau, il l'avait trouvé brillant. Il avait prévu de contacter le père de Natasha et de lui avouer qu'ils étaient mariés pour qu'il puisse obtenir sa bénédiction et apaiser les craintes de son épouse.

En tout cas, c'était son plan quand il avait quitté le bar sans prévenir ses amis et qu'il n'avait pas fait assez attention. C'est pourquoi il s'était fait kidnapper pour la deuxième fois ce soir-là. Mais le positif dans tout ça, c'était qu'au lieu de passer un appel téléphonique, il pouvait désormais parler à son beau-père en personne.

— Si j'étais à ta place, j'éviterais d'être aussi arrogant l'hybride. Tu vas payer très cher pour ce que tu as fait.

— Ça me paraît un peu exagéré, vous ne pensez pas ? Je comprends que je ne sois pas le gendre que vous attendiez, mais...

— Il n'y a pas de « mais ». Tu as épousé ma fille sous de faux prétextes.

— Vous ne pensez pas plutôt qu'*elle* m'a épousé sous de faux prétextes ?

Aïe, aïe, aïe le danger. Il ne pouvait pas s'empêcher de railler.

— Dans tous les cas, je n'approuve pas cette union.

— Sauf votre respect, monsieur, je ne pense pas que vous puissiez décider de qui elle épouse.

Tigranov regarda Dean de haut, ce qui était assez impressionnant vu sa petite taille.

— Je suis son père.

— Et un homme qui respecte manifestement sa fille. Sinon pourquoi lui apprendre à se défendre si bien ? Pourquoi cette belle éducation et ces positions de pouvoir au sein de votre empire ? Ce genre de père ne dit pas à son enfant, visiblement capable et autonome, qui elle doit fréquenter pour le reste de sa vie.

Le mâle plus âgé plissa les yeux.

— C'est une Tigranov, ce qui veut dire que la lignée doit être préservée.

— Ça ne devrait pas être autorisé de pouvoir stagner. Marier des cousins entre eux, même éloignés, ne se termine jamais bien, dit-il, rappelant à Tigranov le terrible meurtre-suicide qui avait eu lieu dans sa famille.

Dean avait mené son enquête.

— Tu oses m'insulter ?

L'homme en colère se crispa, ses poils se hérissèrent et son tigre apparut brièvement. Pas parce qu'il perdait le contrôle, mais parce qu'il maîtrisait justement bien sa bête. Il fallait être très habile pour que seules quelques parties du corps se transforment. Tigranov choisit de le menacer avec ses dents et ses griffes tranchantes, faisant légèrement ressortir ses moustaches.

— Vous ne supportez pas d'entendre la vérité ? demanda-t-il en haussant les sourcils.

— Espèce d'hybride insolent. Je te ferai abattre et t'accrocherai au mur comme un trophée.

— Et ensuite ? Vous allez marier votre fille avec ce Simon ennuyeux ?

— Simon ou un autre. Je me fiche de savoir qui elle épouse tant que ce n'est pas toi.

Tigranov fronça les sourcils en grognant.

Dean ne fut pas impressionné.

— Natasha a besoin de quelqu'un de fort à ses côtés. Et nous savons tous les deux que ce n'est pas le cas de Simon. Elle va le mener à la baguette et se demandera ensuite pourquoi elle est si malheureuse. Elle a besoin d'un homme. Un vrai, pour la pousser et la soutenir.

— Et qu'est-ce qui te fait croire que cet homme c'est toi ?

— Parce qu'elle est à moi.

Ce n'était peut-être pas terrible d'être aussi possessif devant son père.

— Et Natasha est d'accord avec ça ?

— Pas exactement, car elle est convaincue que vous allez me tuer.

— Elle a raison, déclara Tigranov en mettant les mains derrière son dos.

Sauf que sa déclaration sonnait faux. Si la mafia avait vraiment voulu tuer Dean, il serait déjà en train de couler dans un lac quelque part.

— Ce n'est pas dans votre intérêt de vous débarrasser de moi.

— Tu me menaces ?

Ce fut au tour de Tigranov de feindre la surprise.

— Vous êtes un homme intelligent. Il le faut pour bâtir un empire comme le vôtre. Vous savez quel genre de tension ma mort provoquerait au sein du Clan. Vous ne savez également pas comment Natasha réagirait.

Son père prit un air pensif.

— Si elle ne t'a pas tué, c'est qu'il y a une raison.

Ce qui voulait dire que Tigranov avait intérêt à se retenir pour ne pas la mettre en colère.

— Et si, au lieu d'être l'un contre l'autre, nous unissions nos forces ?

— Un marché ? dit Tigranov en l'observant d'un air moins hargneux. Qu'est-ce que tu proposes ? Tu n'es pas vraiment un fils de haut rang dans ton clan.

— Mais je suis proche du roi, qui a de nombreux amis.

— En m'alliant avec Simon, j'aurais pu avoir accès à Arctique.

— J'ai des contacts qui pourront peut-être vous aider. Vous pourriez aussi me considérer comme un médiateur entre la mafia des tigres et des lions. Imaginez ce qu'une alliance avec le Clan pourrait apporter à votre famille.

— Nous n'avons pas besoin que des félins galeux nous aident avec quoi que ce soit.

— Non, vous vous débrouillez très bien tout seul, mais imaginez le pouvoir de négociation que vous auriez si l'on savait que les deux groupes étaient alliés.

— C'est bien beau de négocier, mais comment puis-je être sûr que le roi sera d'accord ? Et s'il ne l'est pas ? Qu'est-ce qui se passe ensuite ?

— Est-ce que ça aide si je vous dis que je

possède des parts dans une entreprise de sirop d'érable ?

— Du sirop d'érable produit au Québec ?

Dean renifla.

— Comme s'il en existait d'autres.

— Un cadeau de mariage pour ma fille, dit Tigranov.

— Qui sera ensuite légué à nos enfants et si nous n'en avons pas, ces parts reviendront au Clan.

Tigranov rigola doucement.

— Tu ne nous fais pas confiance ?

— Il n'y a rien de mal à assurer sa sécurité pour m'assurer que vous ne me tuerez pas une fois les papiers signés.

Tigranov l'observa.

— Natasha risque un jour de diriger l'empire familial.

— Raison de plus pour que quelqu'un de neutre assure ses arrières.

Le mafieux ricana.

— En quoi es-tu neutre ? Tu travailles pour le Clan.

— Dès le moment où je suis monté à bord de ce jet avec elle, j'ai démissionné. Depuis ce matin, quelqu'un cherche une maison pour Natasha et moi. Un endroit en Russie non loin de chez vous et quelque part en Italie. Peut-être près de l'océan.

— Tu as toutes sortes de projets, comme si tu t'attendais à vivre.

Dean se pencha en avant et ce fut à son tour de sourire.

— J'ai l'intention de vivre très longtemps.

— Si je te l'autorise. Comment puis-je être sûr que tu sois assez bien pour ma fille ?

— Parce que j'éradiquerai quiconque essaiera de lui faire du mal, dit-il d'un ton sec et ferme.

Avant même que Tigranov ne puisse répondre, la porte du sous-sol s'ouvrit en grand et une silhouette bondit en sautant par-dessus les dernières marches.

Natasha atterrit sur les genoux en tenant une arme dans une main et un couteau dans l'autre. Le poignard vola, la lame manquant de peu Tigranov.

Il dévisagea sa fille.

— Tu as failli me tuer !

— Prends-le comme un avertissement. La prochaine fois, je ne me louperai pas.

Une nouvelle dague qu'elle serra dans sa main apparut.

Le grand méchant mafieux leva les mains en l'air.

— Tasha, mon *zoloste*[1], calme-toi.

— Ne me dis pas de me calmer, grogna-t-elle. Qu'est-ce que tu fais avec *mon* mari ?

Dean prit du plaisir à entendre son ton possessif. Il regretta de ne pas avoir de pop-corn, car il avait l'impression qu'il était sur le point d'assister à un combat épique.

— Ton *mari* ? Tiens donc. Tu n'as pas quelque chose à me dire ? Tu veux peut-être m'expliquer pourquoi tu as menti ? dit Tigranov en bombant le torse.

— J'étais sur le point de le faire.

—Tu mets trop de temps, s'agaça son père.

— Ça ne te donnait pas le droit de kidnapper Neville.

— Techniquement, il ne m'a pas kidnappé, bébé, intervint Dean. Ton père voulait juste discuter.

Ses yeux aux reflets verts et or lui jetèrent un regard noir.

— Il t'a attaché à un mur.

— C'est juste un petit bizutage pour m'accueillir dans la famille, essaya d'expliquer Dean.

Son père prit le relais.

— Rien d'affreux. Je teste simplement son courage.

— Son courage ne te regarde pas.

Sa remarque irrita assez son père pour qu'il bombe à nouveau le torse.

— Si, ça me regarde depuis que tu l'as épousé sans ma permission et que tu as ensuite caché cette histoire à ta famille ! s'exclama Tigranov.

— Je vengeais l'honneur de ma cousine et je l'ai fait par accident. Quand je l'ai découvert, j'ai immédiatement essayé de rectifier le tir.

— C'est vrai, admit Dean. Elle est venue et m'a demandé d'accepter le divorce sinon elle me tuait.

— Et pourtant, tu es toujours en vie. Tu t'es ramollie ou quoi ? demanda Tigranov en se tournant vers sa fille.

— Je me suis dit qu'il serait plus utile en vie.

— Utile, pff. Tu sais à quel point ça a été facile de le capturer ?

— Et combien d'hommes as-tu envoyés ? demanda-t-elle en haussant les sourcils alors qu'elle s'approchait. Deux voyous ? Trois ?

— Six en vérité, dit fièrement Dean. Mais je ne leur ai pas botté les fesses parce que je voulais rencontrer ton père.

— Sans moi ? s'énerva-t-elle avant de s'avancer vers lui.

Elle agita le couteau sous son nez.

— Je t'avais dit qu'il essaierait de te tuer, continua-t-elle.

— Heureusement que tu m'aimes assez pour venir me sauver, dit-il avec un clin d'œil.

— Personne n'a jamais parlé d'amour, marmonna-t-elle.

— Et pourtant, regarde-toi, tu es tout inquiète.

— Je ne suis pas inquiète, je suis contrariée. À cause de vous deux, dit-elle avant de pivoter vers son père. Comment oses-tu t'impliquer ?

— Je n'aurais pas eu à le faire si tu m'avais dit la vérité, rétorqua Tigranov.

— En parlant de vérité, c'est toi qui as envoyé ces tueurs après nous ?

— Quoi ? s'étonna son père en clignant des yeux. Quelqu'un a essayé de vous tuer ?

— Je ne sais pas s'ils essayaient de nous tuer vu leurs tentatives médiocres, répondit-elle. C'est toi qui les as envoyés ?

Son père se raidit.

— Premièrement, mes tueurs à gages n'échouent jamais. Deuxièmement, jamais je ne toucherais à un seul de tes cheveux. Je suis offensé que tu puisses me penser capable de le faire.

— Et moi ? demanda Dean. Parce que les attaques ont commencé un mois après le mariage.

— Attends, quoi ? demanda Natasha en pivotant vers lui. Tu veux dire que l'attaque chez toi n'était pas la première tentative ?

— Je n'avais pas envie de t'inquiéter.

Elle grinça des dents et jeta un regard furieux à son père.

— Tu veux bien m'expliquer ?

— Ce n'est pas moi qui ai ordonné ces attaques, déclara son père. Je ne connaissais même pas l'existence de cet hybride avant de recevoir le mot.

— Quel mot ?

L'expression sur le visage de Natasha fut soudain glaciale et elle lui demanda doucement – mais avec une précision mortelle :

— Tu as lu mes messages privés ?

— Eh bien, hum...

Mauvaise réponse.

Dean prit la défense du patron de la mafia.

— Un homme de sa position ne peut pas être trop prudent. Ses ennemis pourraient essayer de t'utiliser pour l'atteindre.

Tigranov lui lança un regard reconnaissant.

— Je suis bien conscient de ce dont ses ennemis sont capables puisque c'est moi qui m'occupe d'eux, dit Natasha sans desserrer la mâchoire.

— Tu ne peux pas me reprocher d'avoir été

curieux. Tu as reçu du courrier en provenance d'un territoire du Clan. Je me suis demandé pourquoi.

— Et tu t'es ensuite mis à comploter pour pouvoir te mêler de ma vie.

— Je voulais simplement rencontrer mon nouveau gendre, dit son père en écartant les mains pour l'apaiser.

— Mon mari est attaché au mur d'un donjon.

Natasha croisa les bras sur la poitrine.

— Ce n'est pas vraiment un donjon. On ne fait que s'amuser. Ha. Ha.

Son père trancha les liens qui immobilisaient ses poignets contre le mur. Dean s'en écarta et adressa un sourire à sa femme.

— Regarde-toi, tu te fais du souci pour rien. Ton père et moi sommes déjà amis.

— Tu dis seulement ça pour te le mettre dans la poche parce qu'il sait qu'il va avoir des ennuis, dit-elle en tournant la tête vers son père.

— Allons, *zoloste*.

— Ne commence pas. Plus de jeux. Je veux t'entendre dire que tu acceptes que Neville soit mon mari.

— Si ça ne dépendait que de moi, alors... oui, dit son père.

Mais Dean entendit le « *mais* ».

— Qui d'autre devons-nous convaincre ? demanda-t-il.

Natasha gémit.

— Ma babouchka.

CHAPITRE TREIZE

Neville essaya de lui tenir la main durant la dernière étape du trajet jusqu'à la maison familiale. Mais cela n'apaisa pas son inquiétude. Elle ne s'était pas attendue à ce qu'il survive à son père. Le tsar n'était pas connu pour sa bienveillance.

Elle était entrée dans cette maison en pensant trouver du sang et peut-être même un corps. Au lieu de ça, deux des hommes les plus agaçants de sa vie avaient uni leurs forces.

Mais cela n'allait pas aider pour la bataille à venir. Babouchka était celle à qui elle avait fait une promesse. Elle n'en aurait rien à faire que Natasha se soit malencontreusement mariée avec quelqu'un d'autre.

— Ça va bien se passer, murmura Dean en caressant sa main avec son pouce.

— Tu ne connais pas ma babouchka.

— J'ai gagné le combat avec ton père.

— Mon père est un chaton comparé à elle.

Elle resta avachie, plus nerveuse que ce qu'elle aurait imaginé.

Elle adorait sa babouchka. Et elle était assez certaine d'aimer Neville. Que se passerait-il si elle devait choisir ?

Sa famille ou son avenir ? Avec un peu de chance, ils n'en arriveraient pas là.

Leur voiture aux vitres teintées était escortée par deux véhicules à l'avant et à l'arrière, car les tantes de Neville avaient déclaré qu'elles ne le laisseraient pas entrer sur le territoire russe sans protection. Ce qui, à son tour, vexa son père qui renforça également la sécurité.

Ils parurent encore plus royaux que la famille royale elle-même. Son père avait beau être un tsar dans le monde des tigres, dans celui des humains, il n'était qu'un riche homme d'affaires.

Elle n'y prêta pas vraiment attention alors qu'ils franchissaient le portail en fer forgé de la maison familiale. Une énorme maison qui s'étendait sur plusieurs étages et ailes. C'était même plutôt un château.

Dès qu'ils entrèrent, les serviteurs se hâtèrent de leur prendre leurs manteaux et de leur offrir des serviettes chaudes pour se laver les mains et le visage. Ils n'eurent pas la possibilité de se détendre et de se changer et furent immédiatement conduits dans la chambre de babouchka.

Comme lors des visites précédentes, la vieille grand-mère était couchée sous une épaisse pile de couvertures, appuyée contre des oreillers moelleux, les cheveux rentrés dans un bonnet assorti à sa robe volumineuse.

— Ma *vnuchka* [1] chérie.

Sa grand-mère tendit ses doigts ornés de bagues et Natasha les serra, les portant à ses lèvres pour les embrasser.

— Tu as l'air en forme, dit-elle.

— Et toi tu parais nerveuse, dit la vieille dame en jetant un coup d'œil vers Neville. Est-ce parce que tu as ramené un inconnu dans ma chambre ? Pourquoi ferais-tu cela ?

Sa babouchka rusée savait exactement qui il était. Tout ça était un stratagème pour que Natasha admette ce qu'elle avait fait et s'excuse.

Elle allait effectivement lui expliquer, mais

pour les excuses en revanche...

— J'aimerais te présenter Neville Fitzpatrick. Chasseur pour le Clan, tigron et mon mari.

Babouchka cligna des yeux. Et attendit. Alors qu'aucune excuse ne suivait, elle toussa.

— Oh, mon pauvre cœur ! Tu me choques d'une façon si horrible ! Je me sens faible, dit-elle en posant la main sur son front.

— C'est bon, tu as fini ? dit Natasha en levant un sourcil.

— Tu m'accuses d'être dramatique ?

— Oui et de faire semblant. Nous savons toutes les deux que tu n'es pas malade.

— Heureusement que je ne le suis pas. Tu débarques avec un mari et ce n'est pas celui que tu étais censée épouser.

Babouchka repoussa les couvertures et sortit du lit. Elle se débarrassa également de sa robe et de son bonnet, révélant un pull en cachemire et un pantalon. Ses cheveux étaient parfaitement bouclés et coiffés. Elle glissa les pieds dans ses chaussons avant de s'avancer vers un fauteuil près de l'âtre.

— Je n'épouserai pas Simon, annonça Natasha d'un air têtu en suivant sa grand-mère.

— C'est ce qu'on verra.

— Non, je suis sérieuse, Babouchka. Neville est mon mari.

— Pour le moment. Laisse-nous, dit Babouchka en agitant la main.

Neville se retourna pour partir, mais sa grand-mère se racla la gorge.

— Pas toi. Ma petite fille.

Natasha écarquilla les yeux.

— Tu veux que ce soit moi qui m'en aille ? Mais...

Il suffit d'un regard noir pour que Natasha soupire. Elle se pencha vers Neville et déposa un baiser rapide sur ses lèvres.

— Je suis contente de t'avoir connu.

— Tout ira bien bébé. Tu verras.

Elle espérait qu'il avait raison. C'était difficile de savoir ce que Babouchka allait faire. Qui aurait cru qu'elle ferait semblant d'être mourante pour manipuler sa petite fille ?

Quittant la maison, Natasha se promena vers le lac, les bras autour de sa taille, ignorant le froid.

Le ciel gris s'agitait et la neige tombait doucement. Une tempête s'abattit sur elle, lui donnant envie de retrouver le climat italien qu'elle venait de quitter.

Mais il y avait quand même quelques avantages à se prélasser devant un feu de cheminée. Nue. Sur un tapis de peau d'ours. Avec son mari.

Elle jeta un coup d'œil vers la maison. Babouchka donnerait-elle sa bénédiction ? Ça n'avait pas vraiment d'importance. Natasha aimait Neville. De tout son cœur.

Des mouvements dans les bois attirèrent son attention. Elle vit un éclair rouge. Comme c'était étrange.

Elle s'avança plus près, ses mèches de cheveux lui fouettant le visage, la morsure de l'hiver précoce à travers le vent.

Le tissu rouge s'avéra être une écharpe en soie enroulée autour d'une branche. Quelqu'un l'avait-il perdue ? Elle tendit la main vers celle-ci, se hissant sur la pointe des pieds pour baisser la branche et libérer l'écharpe.

Elle ne vit pas la personne qui la frappa soudain avec une massue.

Elle heurta le sol et se réceptionna sur les mains, clignant des yeux vers la terre jonchée de feuilles. *Paf* ! Un deuxième coup lui fit perdre connaissance, assez longtemps pour que son assaillant parvienne à lui attacher les mains dans le dos et à placer un sac en toile sur sa tête.

Puis, il la hissa sur son épaule et l'enleva !

CHAPITRE QUATORZE

Pendant ce temps...

Dean observa la vieille dame qui était assise, le dos bien droit, sur sa chaise dorée.

Le service à thé sur la table était de type ancien avec du métal filigrané, des reflets dorés et de la porcelaine fine.

— Assieds-toi.

Mme Tigranov agita une main ornée de bijoux.

— Vous comptez m'empoisonner ? demanda Dean alors qu'elle poussait une tasse de thé vers lui.

— J'ai déjà essayé. Toutes mes tentatives ont échoué, dit-elle alors qu'il buvait une gorgée.

Il ne la recracha pas, mais il posa fermement la tasse sur la table.

— C'était vous qui étiez derrière toutes ces attaques.

C'était une constatation et non une question.

— Oui.

Elle ajouta calmement un peu de miel dans sa tasse.

— Laissez-moi deviner, vous avez essayé de me tuer pour je ne puisse pas épouser votre petite fille.

Elle ricana.

— Si j'avais voulu vous tuer, vous seriez déjà mort. Voyez plutôt ça comme un test. Après tout, vous ne pensiez quand même pas que ma petite fille aurait eu le droit d'épouser n'importe qui, non ?

— Vous alliez la laisser épouser Simon.

— Ah oui ? demanda la matriarche en souriant avant de boire délicatement une gorgée.

— Êtes-vous en train de dire que vous ne l'auriez pas laissée épouser Simon ?

— Je n'avais pas besoin d'agir alors que je savais que tu le ferais.

Il se laissa retomber dans son siège en prenant un biscuit.

— Comment avez-vous su ?

— J'ai appris pour votre mariage la nuit où il a eu lieu, tu ne pensais quand même pas que je n'étais pas au courant des agissements de Natasha ? Je sais tout ce qui se passe dans cette famille.

— Si vous saviez que nous nous étions mariés, pourquoi n'avoir rien dit ?

— Parce que j'étais curieuse de voir ce qui allait se passer. C'était assez intrigant de voir à quel point tu t'intéressais à elle. À moins que tu n'aies cru que tes petites enquêtes passeraient inaperçues ?

— Il ne vous est jamais venu à l'esprit que je voulais peut-être me venger ? Après tout, c'est elle qui m'a baratiné.

— Elle a menti sur pas mal de choses, effectivement, mais c'est le reste que je n'ai pas compris. Elle n'était pas obligée de partager ton lit ou d'organiser un mariage pour accomplir sa vengeance. Visiblement, elle t'aimait bien. Plus que n'importe quel autre homme sur lequel elle a pu jeter son dévolu.

— Elle aimait assez Simon pour lui dire oui.

La vieille dame ricana une fois de plus.

— C'est moi qui l'ai manipulée pour qu'elle le fasse. Notamment parce que, même si elle t'espionnait aussi, elle n'agissait pas. Aucun de vous deux ne faisait quoi que ce soit. Je suis une vieille femme, j'ai voulu aller plus vite que la musique.

— Vous lui avez fait du chantage sur un faux lit de mort pour qu'elle accepte d'épouser Simon, tout en sachant que je le verrais et que je m'interposerais.

— Ça a mieux marché que prévu. Si tu avais vu la crise de colère qu'elle a faite quand ton courrier est arrivé, l'informant pour le mariage. Natasha ne perd jamais son sang-froid, lui confia la matriarche. Tout homme qui peut lui faire ressentir de telles émotions compte forcément pour elle.

— Elle est mon âme sœur.

Ça faisait du bien de le dire enfin.

— Peut-être. Mais je devais m'assurer que tu étais digne d'endosser ce rôle, d'où les petits tests que je t'ai fait passer et que tu as réussis assez facilement je dois dire.

La vieille dame semblait satisfaite de ses agissements.

— La bombe chez moi il y a quelques jours aurait pu la tuer, gronda-t-il.

— Une bombe ? dit-elle en fronçant les sourcils. Je n'ai jamais autorisé aucune bombe. La dernière attaque était sur le toit avec les balles à blanc. Une fois que j'ai réalisé qu'elle était prête à te défendre, j'ai su que ce ne serait qu'une question de temps avant que vous ne veniez tous les deux me demander votre bénédiction.

— Attendez, si vous n'avez pas autorisé cette bombe chez moi et votre fils non plus alors... ?

Tante Marni déboula soudain, les cheveux ébouriffés et le chemisier de travers.

— Je crois que quelqu'un a enlevé Natasha !

— Quoi ? s'exclama-t-il en se levant de sa chaise. Explique !

Tatie lui tendit une enveloppe.

— J'ai trouvé ça sur le pas de la porte. C'est adressé à son père.

— Vous avez osé ouvrir le courrier Tigranov ? dit la matriarche en se levant de son fauteuil, inclinant le menton d'un air royal.

Mais Dean se fichait de savoir si elle se sentait insultée. Il prit le courrier que sa tante avait sorti de l'enveloppe et trembla en le lisant.

Tigranov.

J'ai ta fille. Si tu es prêt à négocier pour elle, alors tue son tigron de mari en signe de bonne foi.

— Qui ose faire une chose pareille ?! rugit-il en laissant la feuille s'envoler.

C'est Babouchka qui répondit alors calmement :

— Je crois savoir qui l'a enlevée.

CHAPITRE QUINZE

Natasha plissa des yeux lorsqu'on retira le sac sur sa tête avant de se concentrer sur la silhouette devant elle.

— Simon ?

Mais il était loin d'être le gentleman qu'elle avait appris à connaître.

Fini le costume haute couture et son expression insipide. Ses cheveux blonds polaires juvéniles et bouclés étaient désormais tirés en arrière avec du gel. Il portait un pantalon militaire, un col roulé serré et des bottes noir mat avec un embout d'acier. Un étui avec un pistolet et un couteau venaient compléter son ensemble.

Elle voulut bouger et réalisa qu'elle était attachée à une chaise. Elle la secoua et la fit bouger avant de grogner :

— Laisse-moi partir tout de suite !

— Non.

Sa réponse ferme était bien différente du Simon qu'elle avait connu.

— Qu'est-ce que tu fais exactement ?

— Je fais pression pour obtenir ce qui m'est dû. Tu étais censée m'épouser et me donner accès au réseau d'approvisionnement de ton père. Mais au lieu de ça, tu m'as humilié en me quittant pour un hybride ! s'emporta Simon.

— Ce n'est pas en me kidnappant que ça va changer la situation.

— Non, mais t'épargner en échange de ce qui m'est dû me paraît équitable.

— Tu ne t'en sortiras pas comme ça.

— C'est pourtant déjà le cas. Personne ne sait où tu es. Et ils ne pourront pas te pister.

Il ouvrit la porte et lui montra la neige qui tourbillonnait dehors.

— J'ai assez de provisions pour qu'on puisse rester ici pendant des semaines. Je me suis dit qu'il suffirait d'un ou deux doigts, peut-être quelques enregistrements de tes cris pour que ta famille cède.

— Tu n'aurais vraiment pas dû faire ça, dit-elle en secouant la tête alors que la neige s'engouffrait dans la cabane.

— Ta famille ne me fait pas peur.

— Ce n'est pas de ma famille dont tu dois avoir peur. C'est de mon mari, répondit-elle au moment où un éclair de fourrure orange et noir jaillissait de la tempête de neige.

Simon eut à peine le temps de se retourner avant que le tigron ne lui saute dessus. En quelques secondes, un félin très touffu lutta contre un tigre blanc rayé et les deux roulèrent plus loin.

En attendant, elle était coincée. Elle balança la chaise d'avant en arrière jusqu'à ce qu'elle heurte le sol et s'agite. Pas assez pour se défaire de ses liens, mais les cordes se détendirent. Elle parvint à libérer ses mains et à pousser la chaise au moment où les deux félins déboulaient dans le cottage, leurs corps se heurtant à la table et l'envoyant valser, avec ses provisions, dans la cheminée.

Elle se plaqua contre un mur alors que les deux hommes continuaient à se battre, leurs gros félins grognant et mordant tandis que la fumée imprégnait l'air.

Attendez, de la fumée ? Jetant un coup d'œil vers la cheminée, elle vit que celle-ci brûlait alors tout ce qui était tombé dedans prenait feu. Le plus inquiétant étant la bouteille de vodka écrasée qui agissait comme un combustible et projetait des flammes hors de l'âtre. Le plancher commença à brûler alors qu'elle esquivait les deux félins qui s'écrasaient l'un sur l'autre. Elle s'appuya contre un mur et se mit à fouiller le sol à la recherche d'un couteau, une arme ou quoi que ce soit d'autre.

Simon l'avait bien fouillée, lui enlevant tous ses gadgets.

— Merde.

Elle s'était éloignée de la porte au lieu d'avancer vers elle et se retrouvait désormais piégée derrière un mur de flammes.

Voyant son dilemme, Neville relâcha soudain Simon et se jeta sur la porte.

Elle ne comprit pas pourquoi jusqu'à ce que celle-ci s'effondre et qu'il la traîne vers les flammes, créant alors un pont à travers le feu.

Elle courut sur la surface, la chaleur mordillant sa peau et ses vêtements et réussit presque à tout traverser jusqu'à ce que Simon heurte Neville qui la heurta à son tour, la renvoyant dans le brasier.

Les flammes la léchèrent et la brûlèrent. Elle plongea vers l'avant mais sentit le feu qui brûlait ses vêtements. Elle sauta à travers l'ouverture jusque dans le blizzard. Elle heurta le sol et roula, entendant le grésillement de la neige froide sur le tissu brûlé. Allongée sur le dos, le visage tourné vers le ciel, les flocons froids rafraîchissant ses cloques. Elle resta allongée là un instant, respirant juste avant de sursauter en entendant un bruit sourd.

Elle se redressa et vit la cabane s'effondrer sur elle-même tandis que les flammes détruisaient la structure.

— Neville !

Personne n'émergea des flammes.

Oh. Non.

— Neville.

Cette fois-ci elle murmura son prénom, la gorge nouée par les larmes.

— Je préfèrerais vraiment que tu ne m'appelles pas comme ça.

CHAPITRE SEIZE

Sa déclaration fut accueillie par un hurlement.
— Tu es vivant !

Se levant d'un bon, Natasha courut vers lui, heurtant son corps meurtri. Mais il n'allait pas s'en plaindre. Il fut heureux de la serrer contre lui. Il avait été si inquiet.

C'est pour ça qu'il avait foncé dès que Mme Tigranov lui avait dit qu'ils pouvaient localiser Natasha.

— *Vous lui avez mis un mouchard ? avait demandé sa tante.*

— *Vous n'aimez pas assez votre famille pour toujours savoir où ils sont ? avait rétorqué la grand-mère de Natasha.*

Ils avaient alors commencé à parler d'opération sauvetage et de fusils. Il avait jeté un coup d'œil au point rouge qui bipait sur la carte, avait mémorisé le trajet, puis s'était déshabillé.

Son âme sœur était en danger. Il ne pouvait pas rester assis là à un rien faire.

— Ça va ? demanda Natasha en se penchant vers lui pour l'examiner.

Il lui fit un sourire espiègle.

— Je ne suis pas près de gaspiller mes neuf vies, bébé.

— Où est Simon ?

Elle tourna la tête pour regarder.

— On était en train de se battre et puis soudain, il est retourné vers le cottage en courant.

— Il s'est tué ?

Elle regarda l'incendie.

— Probablement parce qu'il savait qu'il était foutu.

Alors que l'adrénaline redescendait, il se mit à remarquer le froid. Le vent violent et les flocons de neige lui glaçaient la chair. Il ne pouvait qu'imaginer ce que ressentait sa femme avec ses habits trempés et brûlés.

Il s'écarta.

— Mettons notre fourrure et retournons à la maison.

— Je ne peux pas, dit-elle en secouant la tête.

— Pourquoi ?

— Justement pour cette histoire de métamorphose... Tu vas peut-être reconsidérer le divorce parce que j'ai omis de t'informer que je ne peux pas vraiment me transformer en tigre.

— Comment ça, tu ne peux pas te transformer ?

Il cligna des yeux surpris et repensa à toutes les fois où elle... Ah.

— C'est vrai que je ne t'ai jamais vue te transformer.

— Parce que je ne peux pas, grommela-t-elle. Ce n'est pas faute d'avoir essayé. Mon frère et ma sœur le peuvent, et même si les docteurs disent que j'ai les bons gènes, quelque chose en moi ne veut pas que le changement se produise.

Elle haussa les épaules.

— Et crois-moi, continua-t-elle, ma famille a tout essayé pour que ça fonctionne.

— Mais tu sens comme un tigre.

Son odeur était unique.

— Ouaip. Et les docteurs semblent penser que

mes enfants n'auront pas ce problème. J'aurais dû te le dire avant, dit-elle en haussant les épaules. Je pensais vraiment que ma famille allait te tuer, mais comme ils ne l'ont pas fait, il vaut mieux que tu le saches avant de faire des promesses.

Il ricana.

— Tu penses vraiment que j'en ai quelque chose à faire que tu puisses sortir ta fourrure ou non ? Je ne suis pas tombé amoureux de l'animal. Je suis tombé amoureux de toi, dit-il en l'attirant plus près. Et j'ai l'intention d'être ton époux jusqu'à ce que la mort nous sépare, bébé.

— Tu dis ça maintenant mais... et si à l'avenir, durant la pleine lune tu t'énerves parce que je ne peux pas te suivre pour chasser ?

— Pourquoi ne pourrais-tu pas me suivre ? dit-il en fronçant les sourcils. Tu as l'intention de prendre beaucoup de poids et d'arrêter de bouger ?

— Non.

— Alors on s'en fiche que tu chasses à quatre pattes ou debout. Je t'aime Natasha Marika Fitzpatrick.

— Tigranov trait d'union Fitzpatrick, rétorqua-t-elle en haussant les épaules. Je devrais probablement garder mon nom étant donné que je suis l'héritière.

— Tant que tu es ma femme.

Il l'embrassa et aurait bien continué à le faire si le grondement des véhicules tout-terrain n'était pas venu perturber ce feu qui crépitait et éclatait.

Très rapidement, Natasha conduisit le véhicule pendant que le pilote de départ était assis sur le siège du milieu à l'arrière. Son mari se transforma et ils s'en allèrent.

Une fois devant la porte d'entrée de la maison, bien trop de membres de sa famille les attendaient et ils voulaient tous entendre ce qui s'était passé. Mais Natasha n'était pas d'humeur.

— J'ai froid et je suis sale. Je vais dans ma chambre avec mon mari.

Son regard noir mettait au défi quiconque oserait discuter.

Quand Papa Tigranov regarda Dean, ce dernier haussa les épaules. Il n'avait pas l'intention de se disputer avec sa femme. Le feu dans la chambre était plus que bienvenue. Mais la baignoire remplie d'eau chaude que quelqu'un avait traînée jusque devant la cheminée l'était encore plus.

Il se laissa glisser dans la baignoire, pencha la tête en arrière, ferma les yeux et expira.

— C'est le pied.

Splash ! Son épouse le rejoignit, renversant de l'eau par terre avant de l'attraper par les joues et dire :

— Tu veux bien reformuler s'il te plaît ?

Il regarda son sourire taquin et la façon dont ses cheveux tombaient sur ses épaules nues.

— Ce bain c'est le pied, mais, toi... avec moi ? C'est le paradis.

Il l'attira plus près pour l'embrasser, répandant encore plus d'eau sur le sol, non pas qu'ils en aient quelque chose à faire. Ce n'était pas évident de faire l'amour dans une baignoire étroite, mais ils y parvinrent. Il finit accroupi avec elle penchée en avant devant lui, agrippant le rebord de la baignoire pendant qu'il s'enfonçait en elle par derrière. Les bras enroulés autour de sa taille, le corps de Natasha collé au sien. Il se pencha et lui mordilla le lobe d'oreille alors qu'il la pénétrait, répandant seulement sa semence lorsqu'elle eut un orgasme, son prénom sur ses lèvres.

— Neville !

Il préférait l'entendre l'appeler par son vrai prénom tous les jours plutôt que le :

— Lève-toi ! qu'aboya sa grand-mère le lendemain matin en lui donnant un coup de canne.

— Aïe ! dit-il en lui jetant un regard noir.

— Lève-toi. Dehors. Allez.

— Pour aller où ?

Il roula hors du lit et évita la matriarche Tigranov qui brandissait son arme.

— Babouchka ! Arrête, s'énerva Natasha en serrant les draps contre sa poitrine nue.

— Non, toi arrête. Jusqu'au mariage. Les demoiselles ne forniquent pas avant le mariage.

— Mais nous sommes déjà mariés, souffla Natasha.

— Plus ou moins. Je sais que vous avez eu recours à une église païenne. Alors vous allez recommencer. Correctement et en attendant, plus de coït. Va-t'en, dit-elle en lui donnant un coup de canne qu'il esquiva.

Il était impossible de la faire changer d'avis, ce qui fit râler Natasha. Cependant, après avoir attendu si longtemps, Dean n'eut aucun mal à attendre encore un peu.

Sa famille l'avait accepté. La menace avait disparu. Et il était sur le point d'épouser la femme qu'il aimait devant ses amis et sa famille.

Comme ses parents n'étaient plus en vie, ses tantes le conduisirent à l'autel et sa tante Marni se pencha pour l'embrasser sur la joue en lui murmurant :

— Sois heureux, mon neveu préféré.

Il avait bien l'intention d'être un tigron marié pour la vie.

ÉPILOGUE

Le mariage fut extraordinaire. Des lions d'un côté, des tigres de l'autre. Vu à quel point la fête battait son plein, tout le monde s'attendait à voir plus d'un petit hybride neuf mois plus tard.

La seule tension qui était survenue avait été lorsque le prêtre avait demandé :

— Quelqu'un est-il en capacité de prouver que ce couple ne peut être uni légalement par les liens du mariage ? Parlez maintenant ou taisez-vous à jamais.

Lorsque la cousine Isabella avait été sur le point d'ouvrir sa bouche, les tantes, qui s'étaient assises autour d'elle au lieu de rejoindre les lions, s'étaient penchées et Marni avait murmuré quelque chose. Isa avait ensuite fermé la bouche.

Puis ils furent à nouveau mariés, pour la deuxième fois.

Après une merveilleuse nuit de noces où il la prit dans la limousine puis dans le lit de la suite nuptiale, sous la douche et contre les vitres du penthouse, ils montèrent à bord d'un avion.

D'après leurs posts sur les réseaux sociaux, ils profitaient d'un dîner romantique sur une plage du sud de la France.

En réalité, ils étaient planqués dans les herbes hautes quelque part dans la nature en Lituanie, attendant une cargaison de contrebande.

Natasha le regarda. Il s'était transformé en tigron et pour faire honneur à leur mission elle s'était aussi peint des rayures sur la peau. Ses yeux brillaient d'excitation. Elle sourit.

— Prêt ?

Toujours. Il lui donna un petit coup de tête alors qu'elle se levait. Ils étaient déjà en mouvement lorsque les roues du petit avion à hélice touchèrent le sol.

— Essaie de garder le rythme.

— Grrr ! répondit-il alors qu'il trottinait à côté d'elle.

Comme s'il allait la perdre.

Il avait trouvé son âme sœur et elle était tout ce qu'il avait toujours voulu.

Son amie. Sa partenaire. Et son amoureuse.

PENDANT CE TEMPS, *après la cérémonie...*

La piqûre dans son bras fut à peine perceptible. Elle disparut aussitôt et ne méritait même pas son attention.

Pourtant, Lawrence aurait dû s'en préoccuper, car soudain, ses sens furent troublés, sa vision se brouilla et quand il reprit conscience, il se réveilla dans une drôle de cabine, au lit avec une femme.

Une humaine – et à en juger par son odeur et les marques sur son cou – elle était sa compagne.

L'histoire de Lawrence arrive bientôt.

D'AUTRES LIVRES DANS **LE CLAN DU LION**

NOTES

Chapitre 2

1. Référence aux chansons *Blue Suede Shoes* et *There's No Place Like Home* d'Elvis Presley

Chapitre 3

1. Ma maison est ta maison, en espagnol
2. Grand-mère, en russe

Chapitre 5

1. Œuvre de science-fiction humoristique imaginée par l'écrivain britannique Douglas Adams
2. Référence au film *Mon cousin Vinny,* comédie américaine de 1992
3. Jeu qui consiste à attraper des pommes dans l'eau avec ses dents, très populaire à Halloween aux États-Unis

Chapitre 12

1. Soleil, doré, en Russe

Chapitre 13

1. Petite-fille en Russe

www.ingramcontent.com/pod-product-compliance
Lightning Source LLC
LaVergne TN
LVHW041630060526
838200LV00040B/1514